W0388384

SERAPHIC FEATHER

4

Toshiya Takeda
Hiroyuki Utatane

Der Anti-Engel

EGMONT MANGA & ANIME 漫画

1. Auflage
EGMONT MANGA & ANIME
Wallstr. 59
10179 Berlin
Übersetzung aus dem Französischen: Fritz Walter
Verlagsleitung: Georg F.W. Tempel
Redaktion: Etsche Hoffmann-Mahler
Lettering: Horus und Kirsten Mischok-Odenthal
Gestaltung: Claudia V. Villhauer
Koordination: Andrea Reule
Buchherstellung: Uwe Oertel
Originaltitel: „Seraphic Feather" Vol. 4
©1997 by Hiroyuki Utatane und Toshiya Takeda. All Rights Reserved.
First published in Japan in 1997 by Kodansha Ltd., Tokyo.
German publication rights arranged through Kodansha Ltd.
Original artwork reversed for German Edition.
© der deutschen Ausgabe
EGMONT MANGA & ANIME EUROPE GMBH, Berlin 2001
Druck und Verarbeitung: Nørhaven, Dänemark
ISBN 3-89885-296-2

http://www.MangaNet.de
http://www.funonline.de

28. Akt

TOC
...NUMMER 4?

AH ... HIER ?
NEIN. MIST!
ZLICH
ZLICH
ABER ... WELCHES ?
ICH HAB'S !!
PLIT
PLOT
ZLICH

OOH... APEP ...
BEEIL DICH!
HU
SLICH
Krr
Hrk
SLUICH
TLAK

DZUM

URGG
TSLAP
SKTOM
BRAOUM
OOOOOOOH

KYAAA!!
BUMP
OH, APEP!
HAST DU DIR WAS GETAN, FARN?
UPS!
STO

EIN ERDBEBEN?
ES GIBT KEINE ERDBEBEN AUF DEM MOND, FARN.
NEIN... ES GEHT SCHON.
WAS WAR DAS FÜR EINE ERSCHÜTTERUNG?
DU KANNST...
...MICH LOSLASSEN!
OH?
ÄH... ÄH...
ALSO, APEP...
TL AK

WAS ...
BROOOWOOOOWOOOOOW
PSUT
PSUT
GUTS
ICH HABE DEN EINDRUCK, DAHINZU-TREIBEN...
TIP
TIP

DIESES MAL ...
...IST ES ZU ENDE ...?
?!
VIIIIII
STACH
JEMAND MUSS ...
ZWOOOOOO

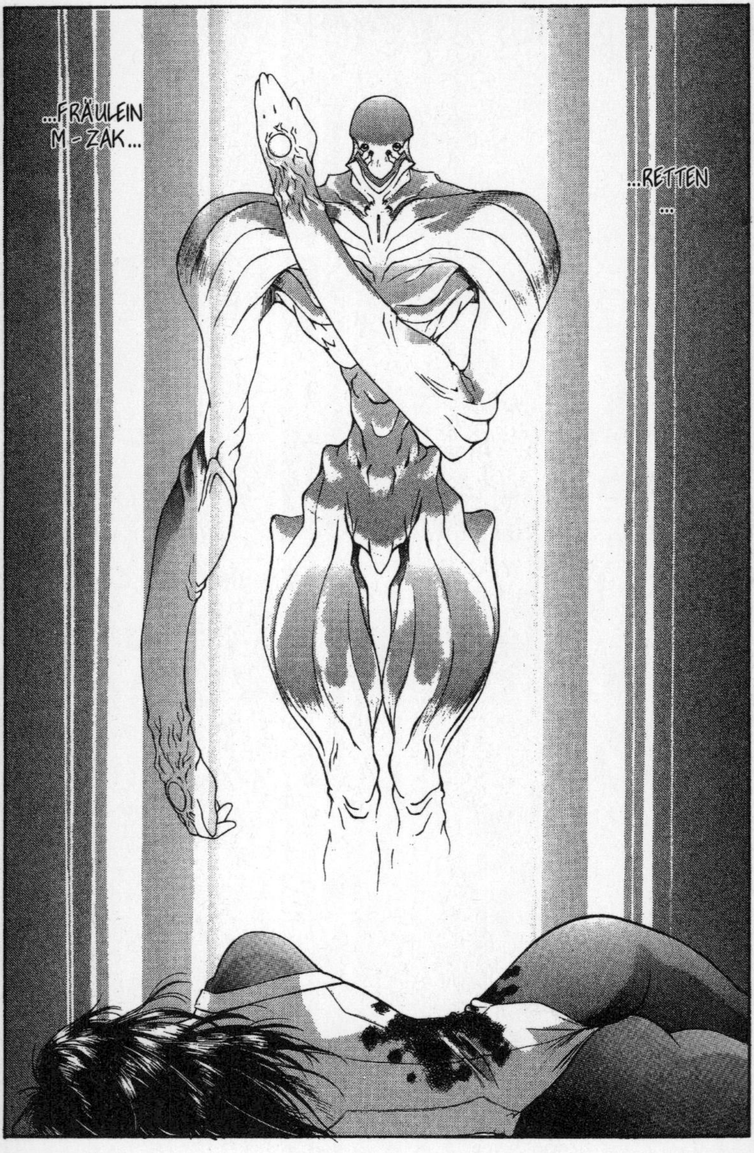

...RETTEN
...
...FRÄULEIN
M - ZAK...

DAS IST EIN ENGEL...? PAH!
DEN HATTE ICH MIR ANDERS VORGESTELLT ...
BAH... WAS SOLL'S? ...ICH WERDE MIT KEI DARÜBER REDEN... SPÄTER ...
KEI... SUNAO ...
GROSSER BRU... DER...

AP...
APEP... APEP ...
ICH SPÜRE IHRE GEGENWART ...
ICH HABE MICH WIE EIN EGOIST BENOM-MEN.
WARUM ENT-SCHUL-DIGST DU DICH?
DU BIST HIER ... KEI ...
TUT MIR LEID ...
HAA

WARUM?! WARUM REDEST DU GERADE JETZT DAVON?!
ICH VERSTEHE NICHTS VON DEM, WAS DU SAGST!!
HAT ES ANGEFANGEN?
KURZ BEVOR ICH FÜR DIE ZUKUNFT DER MENSCHEN EINEN UNMENSCHLICHEN WEG EINSCHLAGE.
DIESE ANSPANNUNG HAT NICHTS MIT SEXUELLER ERREGUNG ZU TUN. ICH WOLLTE EINFACH NUR DIE WÄRME EINES MENSCHLICHEN KÖRPERS SPÜREN.
IN DEM MOMENT, ALS ICH IHRE GEGENWART FÜHLTE, WEIGERTE SICH NUMMER 4, MEINE BEFEHLE AUSZUFÜHREN.
DAS KANNST DU NICHT VERSTEHEN, ABER MEIN KÖRPER IST TOTAL ANGESPANNT ...
DAS WAR DAS ERSTE MAL...
...DASS DU MICH GEKÜSST HAST...
...KANN ICH BEI DIR BLEIBEN?
WENN KEI HIER IST ...
VIELEN DANK, FARN.
WENN ES SO IST, WIE ICH DENKE ...

ZUUU
KZYUUUN
SHRAKT
VATS
VATS
DANN IST DIE ZEIT GEKOMMEN!!

29. Akt

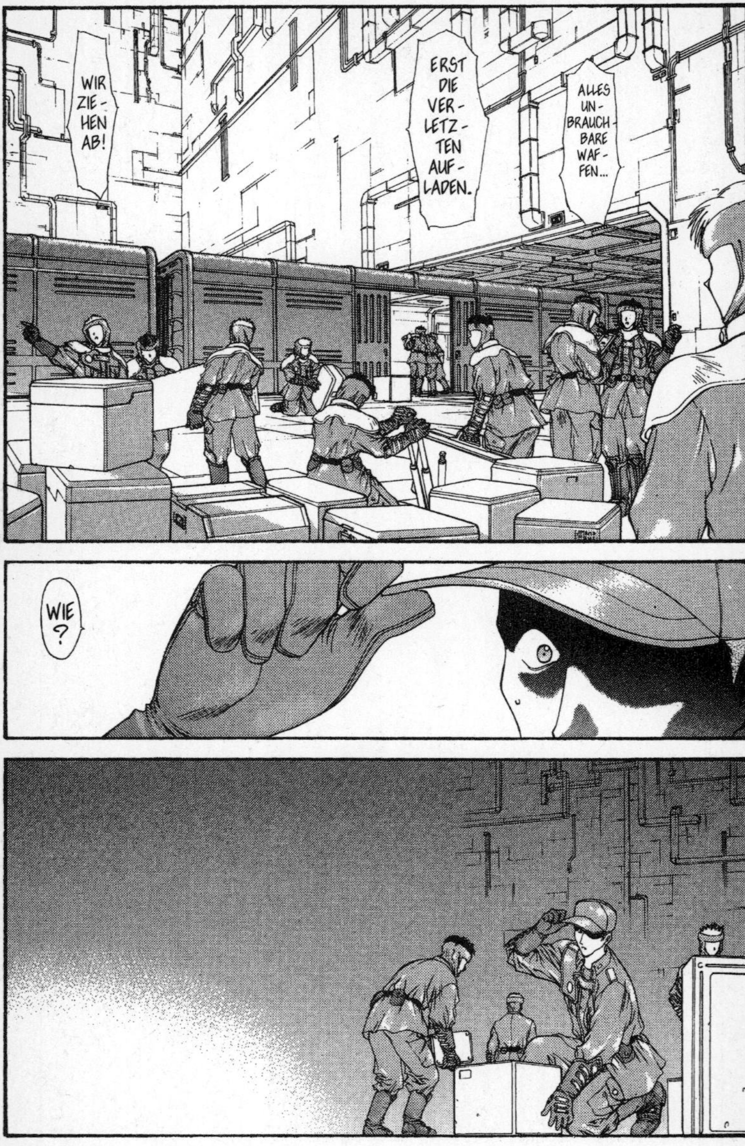
WIR ZIEHEN AB!
ERST DIE VERLETZTEN AUFLADEN.
ALLES UNBRAUCHBARE WAFFEN...
WIE?

HE! WAS IST DENN DAS ?!
GLUP
WAS ?

BZIN
ZINGK
Huuaaark!

DZUN
DZUN
DZUN
ABER...
DAS
...?!

FRÄULEIN
...
FRÄULEIN M-ZAK ?!

TS
SH
TLIP
TLOP

HUAT
TLOM
SST...

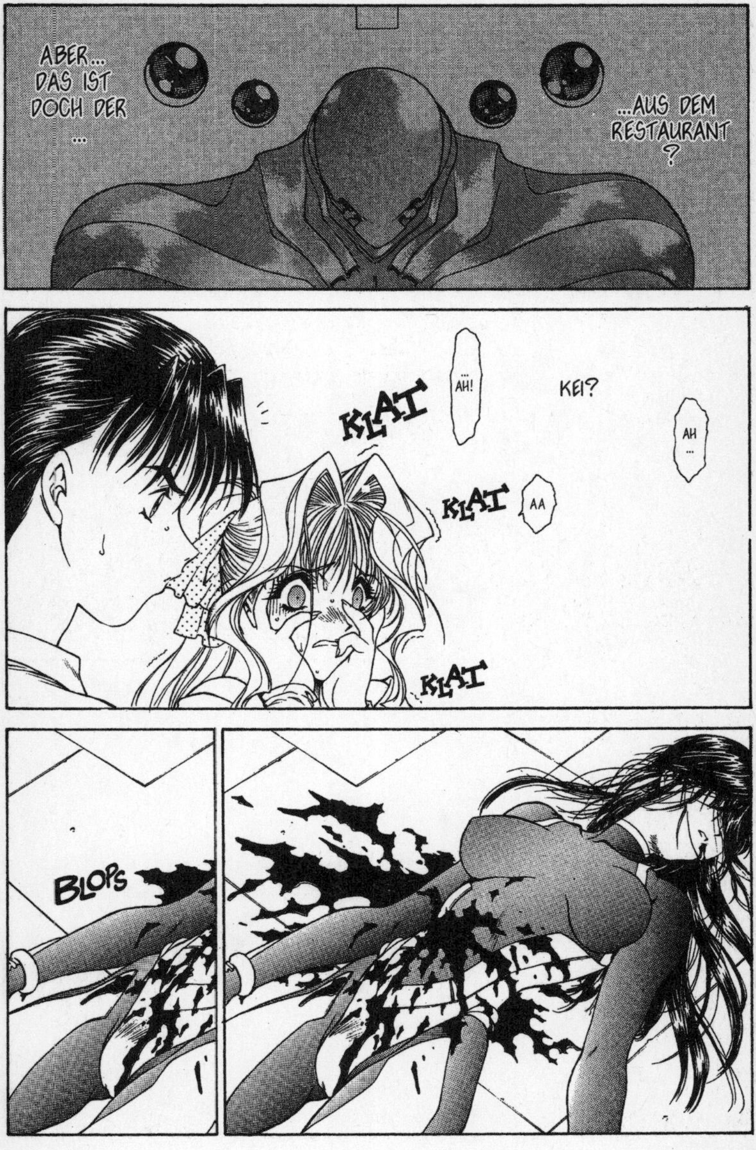

...AUS DEM RESTAURANT ?
ABER... DAS IST DOCH DER ...
AH ...
KEI?
... AH!
AA
KLAT
KLAT
KLAT
BLOPS

GROSSE SCHWESTER …
HYAA AAAA

FRÄULEIN M-ZAAAAK!!
STACH
FRÄULEIN M-ZAK!
RUFEN SIE EINEN ARZT!!
NEIN, LASST MICH LOS! FRÄULEIN M-ZAK!!
GRAP
NICHT!! MAN DARF SIE NICHT ANFASSEN!!

UND DU, KLEINES FRÄULEIN, DU BE-RUHIGST DICH JETZT!!
ICH DANKE IHNEN!
ICH HOLE EINEN!
OKAY!
FLUB
DAS NÜTZT NICHTS! ICH KANN NICHTS FÜR SIE TUN, ES IST ZU SCHLIMM!

GUIT
FRÄULEIN M-ZAK, ANT-WORTEN SIE MIR!
ÖFFNEN SIE DIE AUGEN!
WEG DA! AUS DEM WEG! LASST UNS DURCH!
NEIN!
ICH MUSS MICH UM DIE VERLETZTEN IM ZUG KÜMMERN ...
ERST SIE! SEHEN SIE NACH DIESER FRAU!
WAS?

HMM ...
GEHEN SIE ZUR SEITE!
SIE WERDEN SIE RETTEN.
GANZ SICHER.
... JA.
FRÄULEIN M-ZAK, SIE DÜRFEN NICHT STERBEN. SIE HABEN VERSPROCHEN, MIR EINEN KUCHEN ZU BACKEN! EINEN BESONDERS LECKEREN!
ICH HOFFE, DASS SIE MICH NICHT ANGELOGEN HABEN! BITTE, BITTE, STERBEN SIE NICHT!!

DAS IST EIN SENTINEL, NICHT WAHR?
JA, ICH DENKE SCHON ...
WAS MEINEN SIE, PRO-FESSOR?
ICH SCHÄTZE, ER HAT DIE FRAU GERETTET ...
UNGG
HFF
HUUN
ABER AUS WELCHEM GRUND?
KEINE AH-NUNG.

HM ... ICH ...
TSIT
ICH WEISS NICHT GENUG ...
RETTEN SIE FRÄULEIN M-ZAK.
PRO-FES-SOR!!
HA?!
DZUUUN

KYAA !!
UAH
WO
VOR... VORSICHT! ER BEWEGT SICH!
OH ...
HE!
SPATAF
NEIIIN!
ACH
ST

BLEIB WEG VON IHR!!
BR!
KEINEN SCHRITT WEITER!
BR!
NEIN! KEI...!
DZUN
TLAC
TLAC

HM?
KEI? WAS TUST DU DA?
RETTEN SIE FRÄULEIN M-ZAK.
JA ... ICH FLEHE SIE AN ...
VUWUVIIWUVIUWU

FWAP
ES IST ANGENEHM ...
DAS WÄRMT ...
JA, ICH WEISS ...
ER WIRD FRÄULEIN M-ZAK RETTEN.

WAS GEHT DA VOR SICH? DER SENTINEL IST DOCH UNSER FEIND, ODER ?!
IN DIESEM MOMENT ...
...MUSS KEI IHRE ERINNERUNG WIEDERGE- FUNDEN HABEN.
VIELLEICHT ...
UND JETZT KONTROLLIERT SIE DEN SENTINEL ...

WAS IST DAS? DIE ELEK-TRIZITÄT?
DA... SEHT DOCH!!

NEIN... DER DRUCK IST VIEL ZU STARK ...
O NEIN! HAT ER VER-STÄRKUNG GERUFEN ?!
DAS ... DAS IST ...

EIN SCHWARZER ENGEL ...?!
EIN ENGEL ...

30. Akt

MEIN STIEF-BRUDER ...
APEP ...
DAS IST IHR STIEFBRUDER?
KEI, ICH WUSSTE, DASS DU ES BIST.

DEINE AUSSERIRDISCHEN KRÄFTE MUSSTEN JA ERWACHEN.
DU WARST IN DER LAGE, NUMMER 4 ZU RUFEN.
AUSSER-IRDISCHE ... KRÄFTE?
NR. 4 RUFEN?
KYAAAA?
STATATAP
TOM!
WOVON REDEST DU?
ICH VERSTEHE DAS NICHT!

TSHAK
TSHYAK
KEI, BIST DU IN ORDNUNG?
WAS... WAS TUN SIE DA?
DAS GIBT ES NICHT!
SIE WURDEN WIE FLIEGEN AUSGELÖSCHT ...
...UND FORDERN ES JETZT NOCH MAL HERAUS!

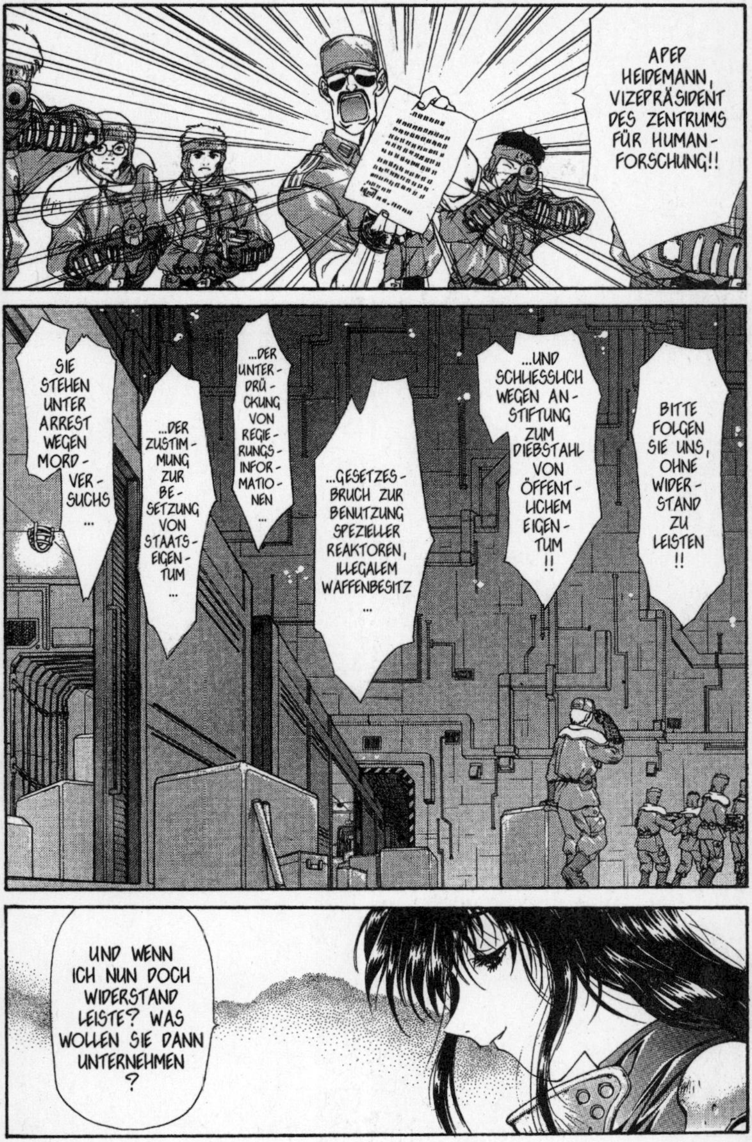
APEP HEIDEMANN, VIZEPRÄSIDENT DES ZENTRUMS FÜR HUMAN-FORSCHUNG!!
SIE STEHEN UNTER ARREST WEGEN MORD-VERSUCHS ...
...DER ZUSTIMMUNG ZUR BESETZUNG VON STAATSEIGENTUM ...
...DER UNTERDRÜCKUNG VON REGIERUNGSINFORMATIONEN ...
...GESETZESBRUCH ZUR BENUTZUNG SPEZIELLER REAKTOREN, ILLEGALEM WAFFENBESITZ ...
...UND SCHLIESSLICH WEGEN ANSTIFTUNG ZUM DIEBSTAHL VON ÖFFENTLICHEM EIGENTUM!!
BITTE FOLGEN SIE UNS, OHNE WIDERSTAND ZU LEISTEN!!
UND WENN ICH NUN DOCH WIDERSTAND LEISTE? WAS WOLLEN SIE DANN UNTERNEHMEN?

WENN... WENN SIE NICHT MITKOMMEN...
RR
GNN
...MÜSSEN WIR SIE... MIT GEWALT DAZU ZWINGEN!
MANN MANN! ER BEFOLGT SEINE BEFEHLE JA AUFS WORT!
NAHAHA
ER HÄTTE BESSER ZUERST MAL NACHGEDACHT ...
HE, BLEIB HIER!!
STAF
KEI, NEIN!
AUFHÖREN !!

ER HAT MEINE GROSSE SCHWESTER GELIEBT!
MEIN STIEFBRUDER WÜRDE NIEMALS SOLCHE VERBRECHEN BEGEHEN. DAS IST UNMÖGLICH!
SIE MÜSSEN SICH TÄUSCHEN!
DAS ALLES IST FALSCH!!
HABE ICH RECHT, STIEFBRUDER?!
STIEFBRUDER ...

SCHAU AN. IST LANGE HER, VATER.
WIE GEHT ES DIR?
NA, WAS DENKST DU? GELÜSTET ES DICH IMMER NOCH NACH DEN AUSSER-IRDISCHEN KRÄFTEN?
ALS ICH HÖRTE, DASS DU TROTZ DER EXPLOSION AM LEBEN BIST, BEGANN ICH, VERDACHT ZU SCHÖPFEN ...
ZU RECHT.
DU BIST ALSO ZU EINEM SEEDER GEWORDEN.
GENAU. ICH BIN JETZT WIE KEI.

OH ?!
WENN DIESES MÄDCHEN WIE ER WÄRE, MÜSSTE SIE DOCH FLÜGEL HABEN, ODER?!
WIE SIE? UND WAS IST MIT DEN FLÜGELN ?
EIN SEEDER ?!
UND SIE HATTE NIEMALS WELCHE. KEI IST EIN... NORMALES MÄDCHEN ...
SIE HAT KEINE FLÜGEL.
ABER SIE HAT KEINE!

APEP, DU KENNST DEN WAHREN SINN DEINER KRÄFTE NOCH NICHT.
UND DU VERFÄLLST GERADE DEM RAUSCH DIESER GROSSARTIGEN MACHT.
ES IST GEFÄHRLICH, DIESE AUSSERIRDISCHEN KRÄFTE ZU MISSBRAUCHEN.
DU SOLLTEST BESSER MIT MIR KOMMEN.
UND DANN?
SOLL ICH WIE KEI ZU DEINEM VERSUCHSKANINCHEN WERDEN?
UN

ICH GLAUBE VIELMEHR, DASS DU DERJENIGE BIST, VATER, DER DIESEN KRÄFTEN GEGENÜBER BLIND IST, ODER?
KEINE UNGE-HÖRIG-KEITEN ...
GRIP
NUN, ICH MÖCHTE DIR EINE FRAGE STELLEN.
ZUSAMMEN MIT EINEM BIS AN DIE ZÄHNE BEWAFFNETEN BATAILLON FÜHRST DU EINE UNTERSUCHUNG DURCH. ABER WARUM HAST DU KEI MITGEBRACHT?
MAN KÖNNTE ANNEHMEN, DASS DU DIESE UNTER-SUCHUNGEN NUR DURCHFÜHRST, UM AN ALLE INFORMATIONEN ÜBER DIE EMBLEM-SEED ZU KOMMEN!
DU VER-STRICKST DICH IN UN-WICHTIGE DETAILS!
ES IST DOCH NORMAL, DASS MAN SEIN KIND AN SEINER SEITE BEHALTEN MÖCHTE, ODER ?!

CLAP
CLAP
WUN-DER-BAR!
UND HIER HÖREN WIR JETZT AUF.
PFOOM
LASSEN SIE UNS DIE DISKUSSION ZWISCHEN VATER UND SOHN UNTERBRECHEN. ANGESICHTS DER LAGE HABEN SIE UNS GEGENÜBER EINEN GROSSEN VORTEIL!
WIR, DIE UNTERSUCHUNGS-EINHEIT, KÖNNEN GEGEN DIE SENTINEL NICHTS AUSRICHTEN.
BLAH
BLAH

WAS REDEN SIE DA ?!
GANZ RUHIG.
ICH WERDE REDEN!
SAGEN SIE NICHT, DASS SIE WEITER GEGEN ALLE WELT KÄMPFEN UND ZUM STAATSFEIND NR. 1 WERDEN WOLLEN ?
ODER ?
hff
NA-TÜRLICH NICHT.
UND SIE DENKEN, DASS DIESKARTS AUF IHRER SEITE STEHT?
BESSER NICHT!
UN
DIE KÖNNEN NUR EIFERSÜCHTIG AUF SIE SEIN. WENN MAN EINE GROSSE MACHT ENT-DECKT ...
...TAUCHEN SEHR SCHNELL NEIDER AUF, DIE SICH VOR EINEM FÜRCHTEN. KURZ, MAN WIRD ZURÜCK-GEWIESEN!
DAS HABEN SIE DOCH SCHON BEMERKT, ODER ?!

SIE SIND ÄUSSERST AMÜSANT.
ABER ICH BIN ÜBER IHRE ART ZU DENKEN ÜBER-RASCHT ...
WIE WAR DAS? STAATSFEIND NR. 1?
EIN TITEL, DER, WIE ICH FINDE, GUT KLINGT.
ABER ES BRINGT IHNEN NICHTS, UNS ZU TÖTEN.
WENN SIE MEINEN.
HAHAHA
ES SEI DENN, SIE HÄTTEN ...
...LUST DAZU?

31. Akt

KLIK
KLIK

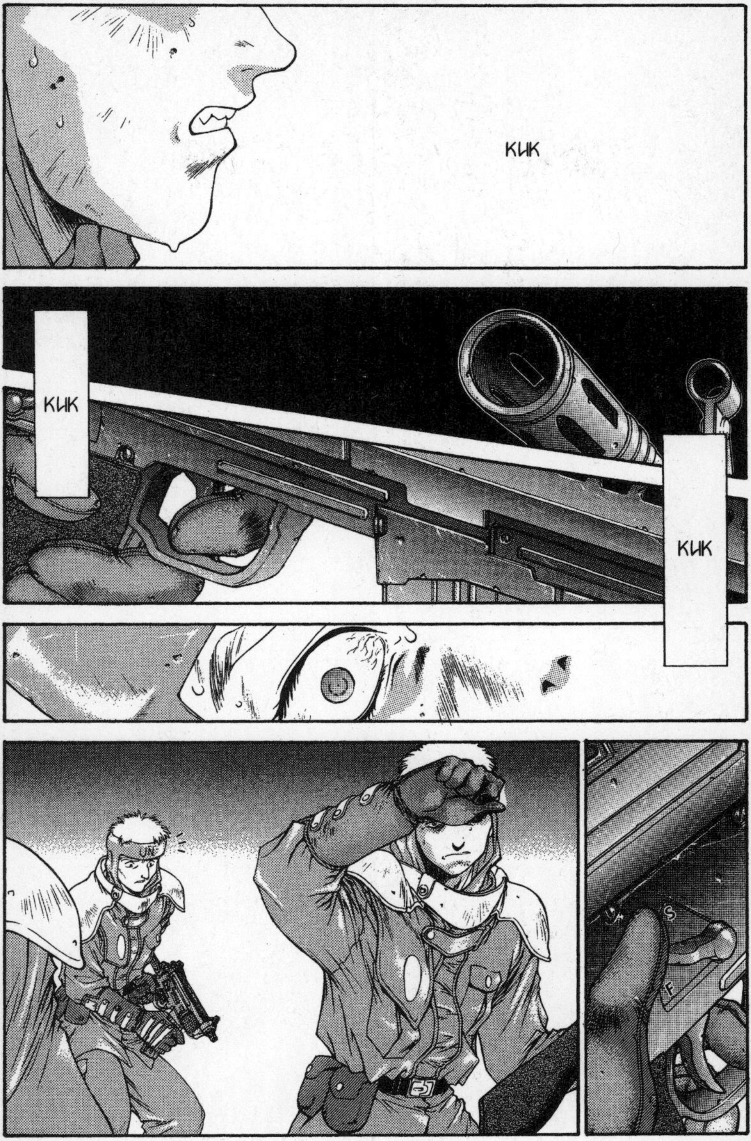
KUK
KUK
KUK

KLUNK
GLUPS
HRK
WARK
BDDDDUMDUMDUMDUK
WAAAAA
WAS ...
BRATATAP
HYAAAR
FTUMTUM
IDIOT !!

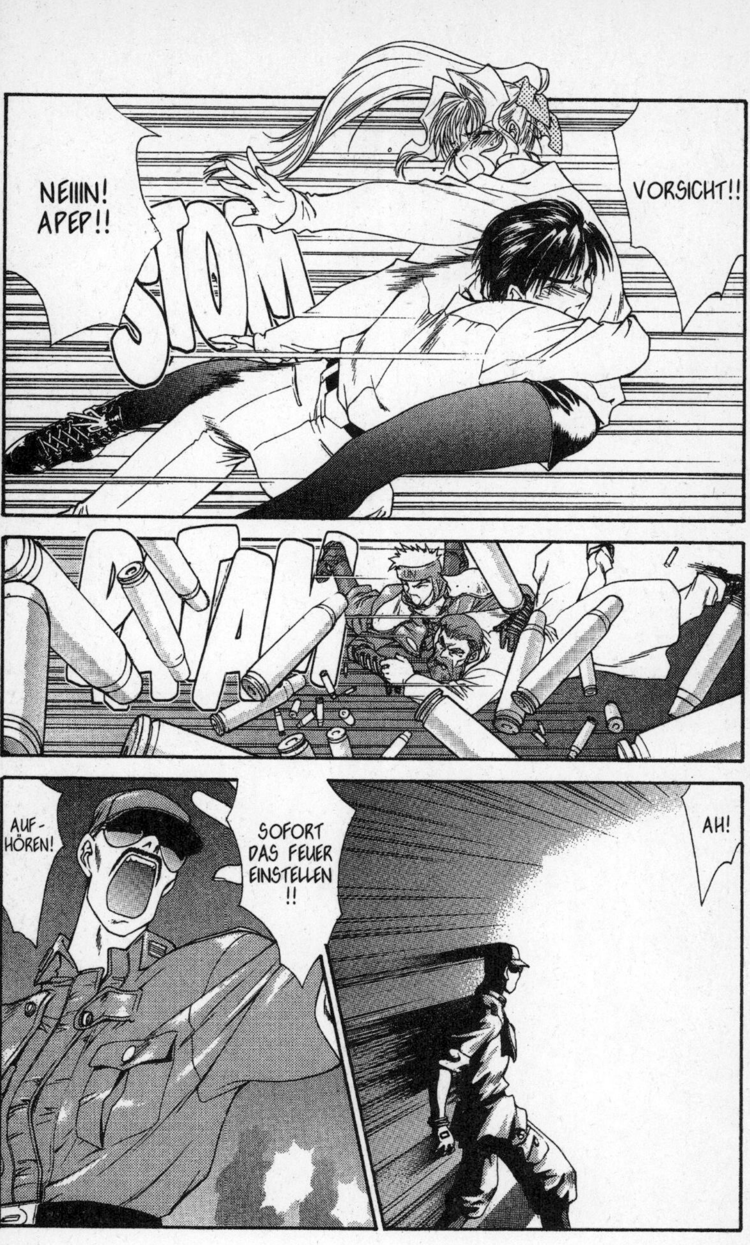
VORSICHT!!
NEIIIN! APEP!!
STOM
DYAN
AH!
SOFORT DAS FEUER EINSTELLEN !!
AUF-HÖREN!

FTUMP
FWOM
SCHFAT
WOAH!!

DAS IST WIE AM RAUMHAFEN.
WIEDER ?!
!
ER HÖRT AUF!!
?!
SOFORT DAS ...
NR. 2!!
SKRAM

NR. 4!
DWO
HWIT
ZKATS
AUF-
HÖREN!
ZGRAAAATSS

SO EINFACH UND SO SCHNELL ...
FURCHTBAR... ALLE DIESE TOTEN ...

...WARUM... WARUM TUST DU SO SCHRECKLICHE DINGE?
ANTWORTE MIR, STIEF-BRUDER!!
ALS... ALS MEINE GROSSE SCHWESTER STARB ...
...HAST DU SIE EINFACH ZURÜCK-GELASSEN!
WAS WILLST DU NUN TUN ?!!

...UM DIESE WIDERWÄRTIGKEITEN ZU BEGEHEN ?
HAST DU SIE NUR VERLASSEN ...
NEIN, KEI! DAS IST EIN MISSVERSTÄNDNIS!! ICH BIN ...
HIKARU, IHRE GROSSE SCHWESTER, IST TOT ?!

DU BENUTZT DIE EMBLEM-SEED, UM ZU ZERSTÖREN ...!
DU, STIEF-BRUDER ...
HA
HAH
POFF
HE! ICH FÜRCHTE, DASS ES IHR NICHT GUT GEHT!
UN
SHLIN
KEI! BLEIB RUHIG!
NICHT DAS!

PRO-FES-SOR!!
UNG
HURG!
DU BIST NOCH NICHT ...
KEI!
SIE IST NOCH NICHT ERWACHT?!
...ICH VER-STEHE NICHT!!
...

DZO
SIE HATTE ...
MEIN STIEFBRUDER ...
MEINE SCHWESTER WAR EINVERSTANDEN ...
WIRKLICH ...
GNN
NEIN... TU ES NICHT... KEI...
KLISH

DAS... DAS SIND... FLÜGEL ...?
URG
URK
KEI! HÖR AUF DAMIT!!!
HAA... DIESES EMPFINDEN... DIE DUNKELHEIT ...
ES TUT WEH... NEIN... ICH KANN NICHT MEHR ...
VER-TRAU-EN ...
ABER ...

32. Akt

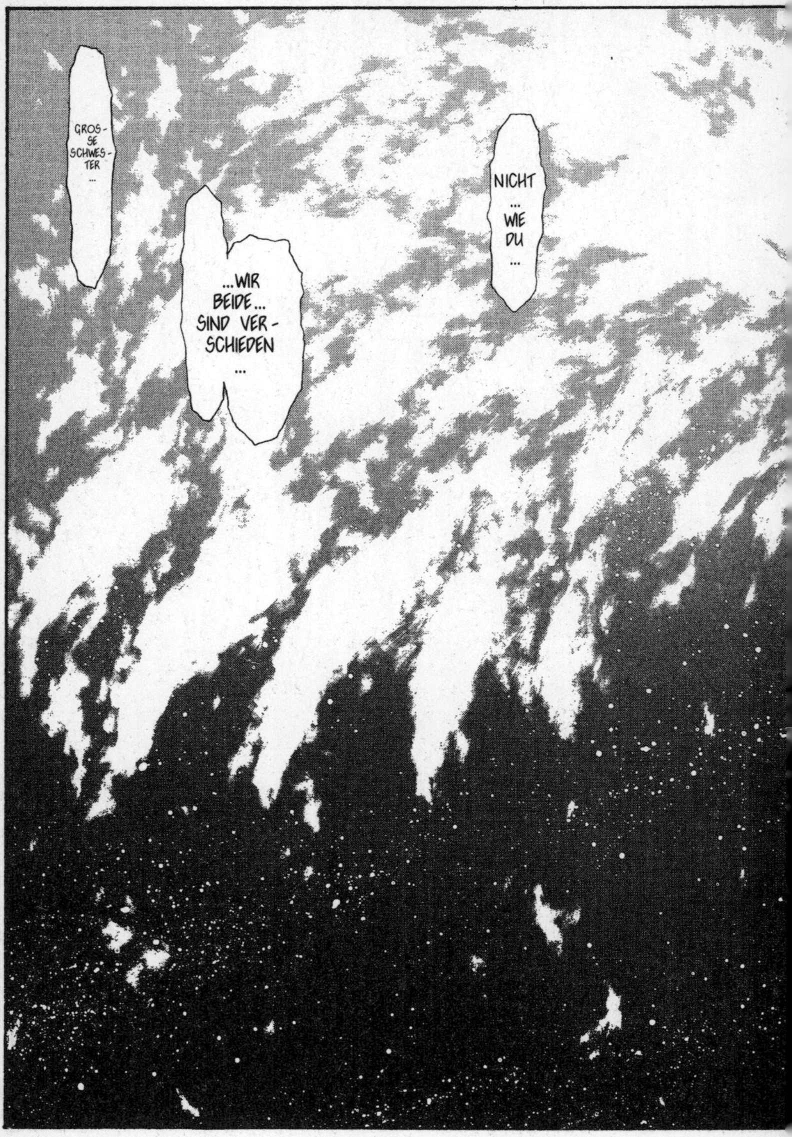

KEI, HÖR AUF! NEIIIN!!
ICH KANN NICHT …

WOAH !!!
WOOST
TU DAS NICHT, KEI! KOMM ZU SINNEN!!
LASS DICH NICHT VON DEINEN GEFÜHLEN ÜBER-WÄLTIGEN!
KEI! DU MUSST DICH BERUHIGEN!!
ICH VER ...

NR. 3!
NR. 2!
ER KOMMT!
DZIN
ICH... ICH... ICH VER...
KT
ZR

ICH VERSTEHE NICHT!!!

ZING
ZING
ZING
ARGH!
UN
PSHIN
AUA!
OOH...
KEI...
KEI
...

WA-RUM ...
WENN DU SIE WIRKLICH GELIEBT HAST... WARUM BIST DU DANN NICHT BIS ZU IHREM LETZTEN ATEMZUG BEI IHR GEBLIEBEN ?
WARUM ...
WARUM HAST DU MICH VER-LASSEN, SCHWES-TER?

SAG!! WARUM ?!?

ZUATSH
ZASCH
GUNK
GUNK
GUNK
FL
ING
GDUN
DZUOM

DU WEISST NICHTS!
SCHTOM
KRASH?
HOUAAA
UN
FLAP
UNK... DAS HÄTTE ICH NIE GEDACHT ...
SELBST WENN SIE NOCH NICHT ERWACHT IST...

SIE IST VÖLLIG VERLOREN ...
UND SIE RISKIERT
...HAT IHRE UNGEHEUERE KRAFT IHRE EMPFINDUNGEN AUSGELÖSCHT ...
ES IST, ALS HÄTTE SIE EIN FEUER ENTFACHT, OHNE ZU WISSEN, WIE MAN ES LÖSCHT!
UND SO ...
...WIRD SIE ES BIS ZUM ENDE BRENNEN LASSEN!!
!
AUF DIESE ART WIRD KEI SICH SELBST ZERSTÖREN!!

ICH WEISS, DASS ICH DIE RICHTIGE KEI WIEDER-GEFUNDEN HABE.
DAS IST DIE LISTE MIT DEN OPFERN DER EXPLOSION IN...
WA-RUM?
KEI HIMURO
ICH ...
ICH WILL DAS NICHT NOCH EINMAL DURCHLE-BEN...
...AO, HI... MIR...
ICH HÖRE ...

HILF... MIR ...
KEI!!
STAP
KEI ...
...HILF... MIR... SUN ...
SU... O... WO IST... ICH HA... ANGST ...
...NAO... HILF ...
DORT OBEN!!
DU WIRST DICH UM-BRINGEN !!
DU IDIOT, WAS TUST DU DA?!
BRAOOM
UN
GWOOM

WOOO
GBAM
HURK ...
WIEDER DIESE KRAFT.
ABER DIESES MAL VIEL STÄRKER!
WER IST DIESER JUNGE ?!
TSIP
ABER ...?!
FWIT

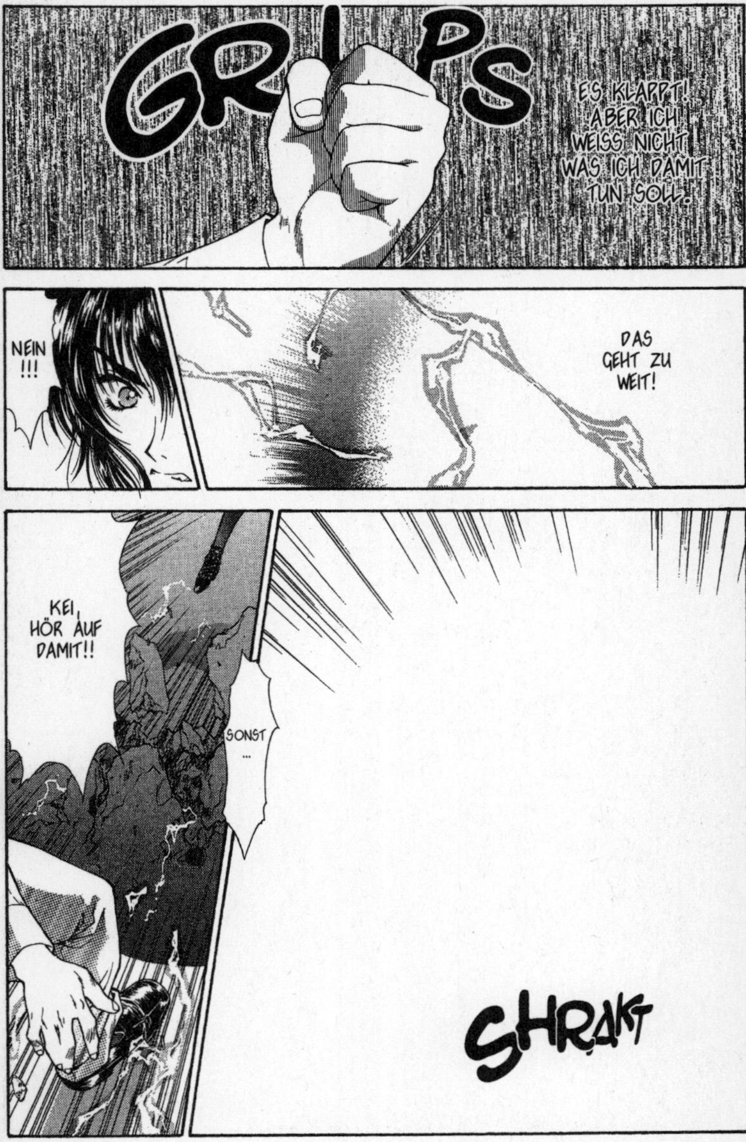
GRIPS
ES KLAPPT! ABER ICH WEISS NICHT WAS ICH DAMIT TUN SOLL.
DAS GEHT ZU WEIT!
NEIN !!!
KEI, HÖR AUF DAMIT!!
SONST ...
SHRAKT

HAHA!
ICH WUSSTE, DASS ES NICHT ...
...SO EINFACH SEIN WÜRDE.
ABER DAS ...
WAS BIN ICH DOCH FÜR EIN IDIOT ...

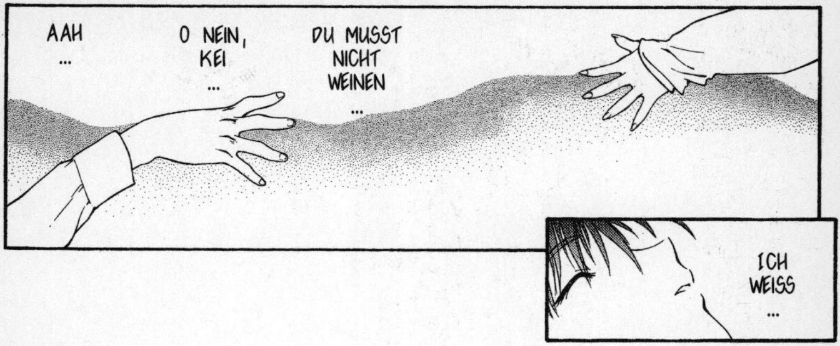

ERINNERST DU DICH, KEI...

DU WOLLTEST AN EINEN ORT, VON WO AUS MAN DIE STERNE SEHEN KÖNNTE.

EIN ORT, UM DIE STERNE ZU BEOBACHTEN ...

UND WO WAR DIESER ORT...?

UN-GLAU-BLICH ...
...NICHT MESSBARE KRAFT...
EINE EBENFALLS ...
SIE SIND IN EINER MATERIE-MASSE VER-SCHWUN-DEN...

33. Akt

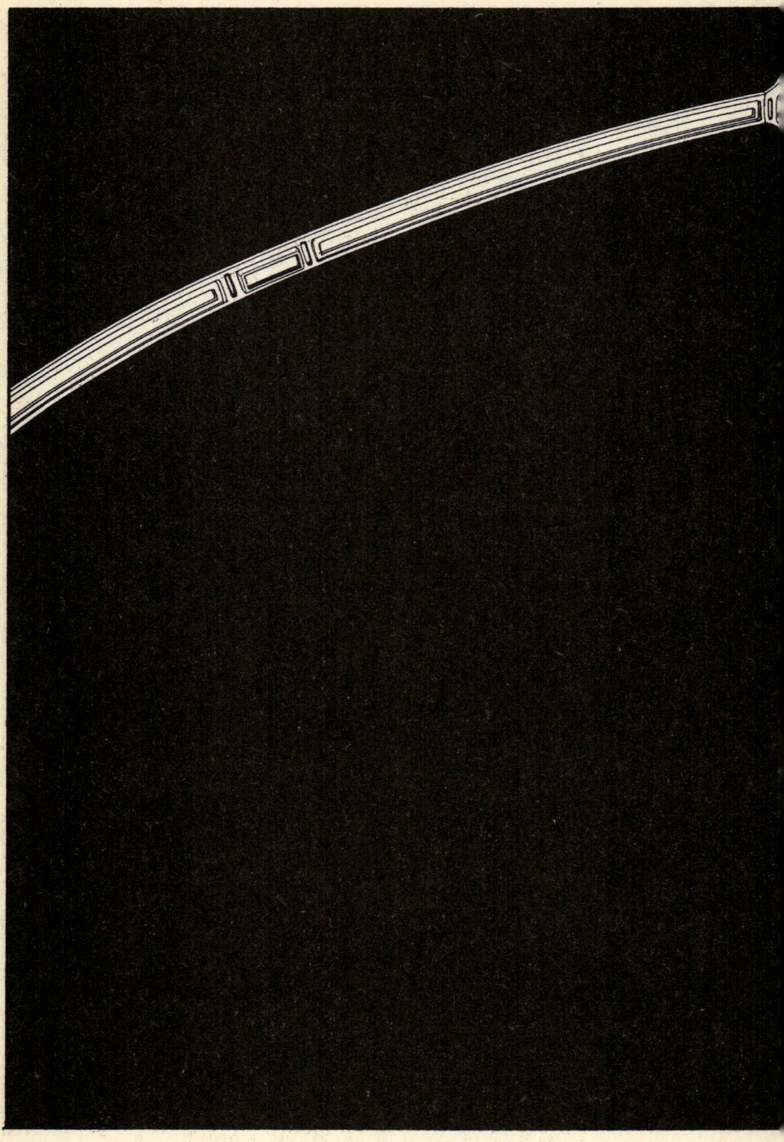

NII
NII
NII

SKRAT
SKRAT
SKRAT

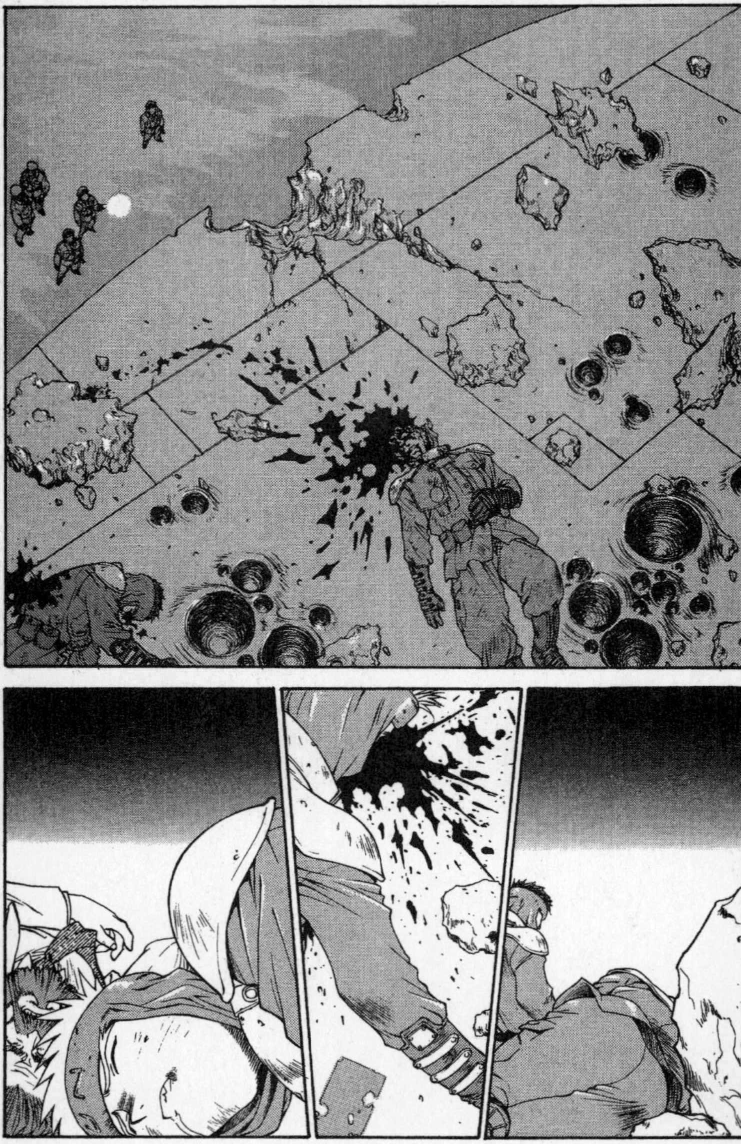

GDAN

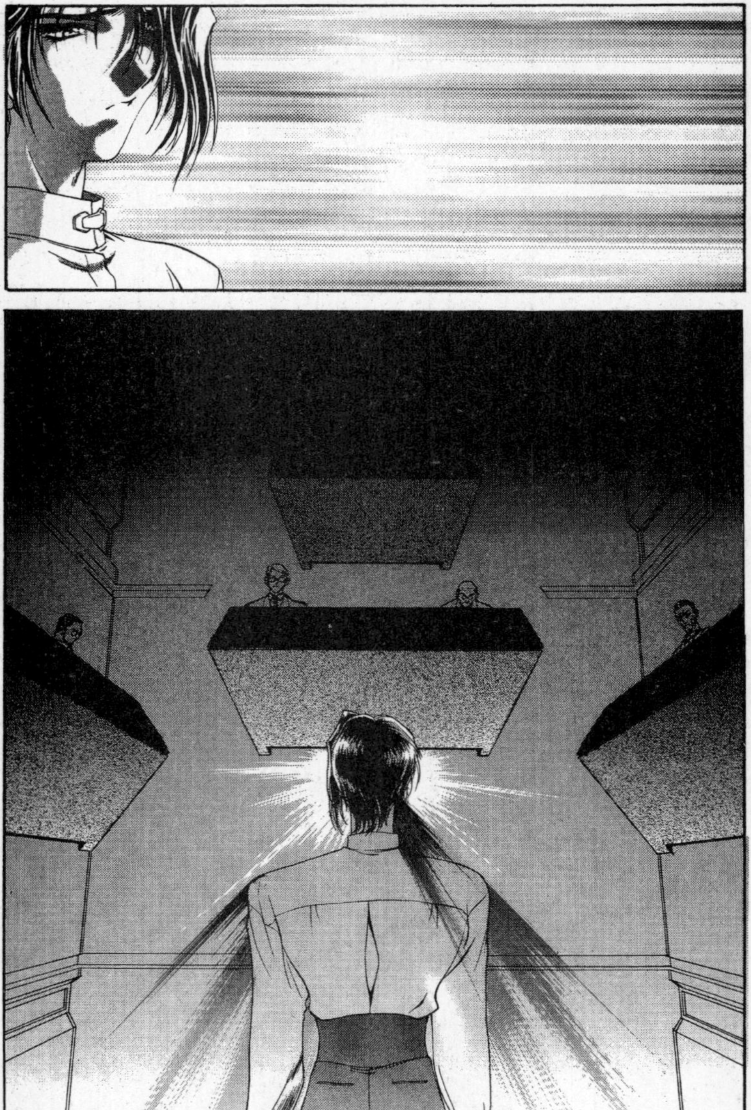

APEP HEIDE-MANN ...
...SIE BEHAUPTEN ALSO, DASS SIE UNS NICHTS ZU SAGEN HABEN...
IST DAS RICHTIG ?
JA.

NACH ALLEM, WAS GESCHEHEN IST, GIBT ES NICHTS ZU SAGEN ?!!
PTAM
SIE HABEN FAST ALLE UNSERE MÄNNER GETÖTET UND ÖFFENTLICHE EINRICHTUNGEN ZERSTÖRT!
ZUDEM HABEN SIE DIE BEZIEHUNGEN ZWISCHEN DIESKARTS UND DER UN BELASTET!!
BLEIBEN SIE RUHIG, BOGGLE.
ICH KANN IHRE REAKTION AUF DEN VERLUST IHRER MÄNNER VERSTEHEN, SICHERHEITS-CHEF.
ABER HERR HAYWARD UND SEINE TRUPPE WAREN NICHT ANGESTELLT, UND IHR TOD GEHT DIE GESELLSCHAFT NICHTS AN.
SPAM
HERR HEIDE-MANN ...

DIE DIESKARTS-GESELLSCHAFT ZIEHT SIE FÜR DEN TOD DER MÄNNER NICHT ZUR VERANT-WORTUNG ...
...UND DIE ZERSTÖRUNG DES LABORS SEHEN WIR ALS DEN PREIS, UM DIE AUSSERIRDISCHEN ZU STUDIEREN.
ABER WAS DIE UN-UNTER-SUCHUNG BETRIFFT, DA KÖNNEN WIR DIE AUGEN NICHT VER-SCHLIESSEN. DAS IST ZU ERNST.
WARUM HABEN SIE UNS VOR IHREM EINGREIFEN NICHT BENACH-RICHTIGT?
WÄRE ICH IN KONTAKT GETRETEN, HÄTTE MAN UNSERE KOMMUNIKATION ABHÖREN KÖNNEN.
TOK
TOK
UND DAS HÄTTE DEN VERDACHT DER UN NUR BESTÄTIGT ...
...DASS DIESKARTS DER TAT-SÄCHLICHE GELDGEBER IST. AUSSERDEM ...

SELBST WENN ICH SIE NICHT KONTAKTIERT HABE, GLAUBE ICH DOCH, DASS IHR NACHRICHTEN-DIENST...
...SIE ÜBER DIE LAUFENDE UNTERSUCHUNG IN KENNTNIS GESETZT HAT, NICHT WAHR?
ZUGEGEBEN. ABER DENKEN SIE NICHT, DASS ES ETWAS VOREILIG WAR, DIE UN-TRUPPEN ANZU-GREIFEN?
WIR HÄTTEN AUSSERHALB DES LEGALEN SYSTEMS ÜBER EINE LÖSUNG VERHANDELN KÖNNEN...
ICH GLAUBE NICHT, DASS SIE DIE ZEIT DAZU GEHABT HÄTTEN...
SIE HÄTTEN ABLEHNEN KÖNNEN, DA IHRE MISSION LEGITIM WAR.
PAH!
SIE SIND DER ALLEINIGE VERANT-WORT-LICHE, SIE GRÜN-SCHNABEL!!!
SIE HABEN HAYWARD DAZU ANGESTIFTET, DAS EMBLEM-SEED ZU STEHLEN! DAS WISSEN WIR!!

IHRE UNTER-SCHLAGUNGEN HABEN DIESE UNTERSUCHUNG AUSGELÖST!
ICH WAR UNVOR-SICHTIG, ABER ...
...ICH HÄTTE MIR NICHT VOR-GESTELLT, DASS DIE ELITE IHRES SICHERHEITSDIENS-TES MIR EINEN SENDER BRINGT.
SCHLUSS MIT DIESEM SPEKTAKEL.
DAS WAR EINE SEHR INTERESSANTE LEISTUNG, JUNGER HEIDEMANN.

AL HALHA!
DER PRÄSIDENT VON DIESKARTS ...

34. Akt

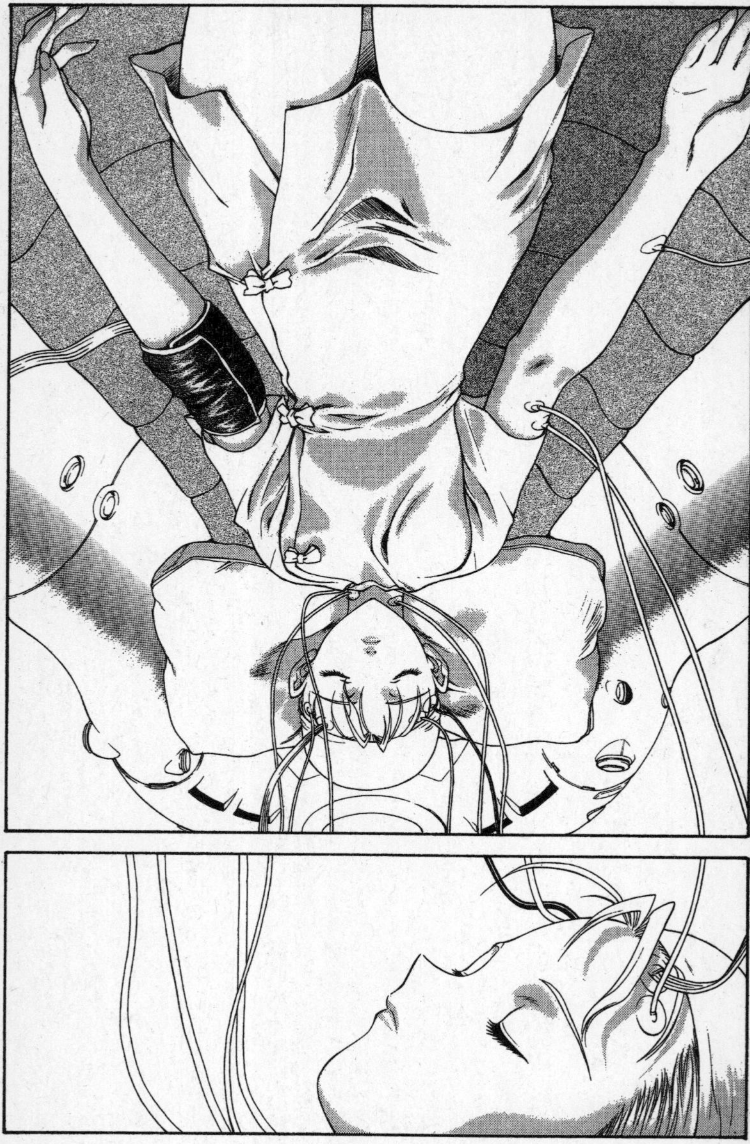

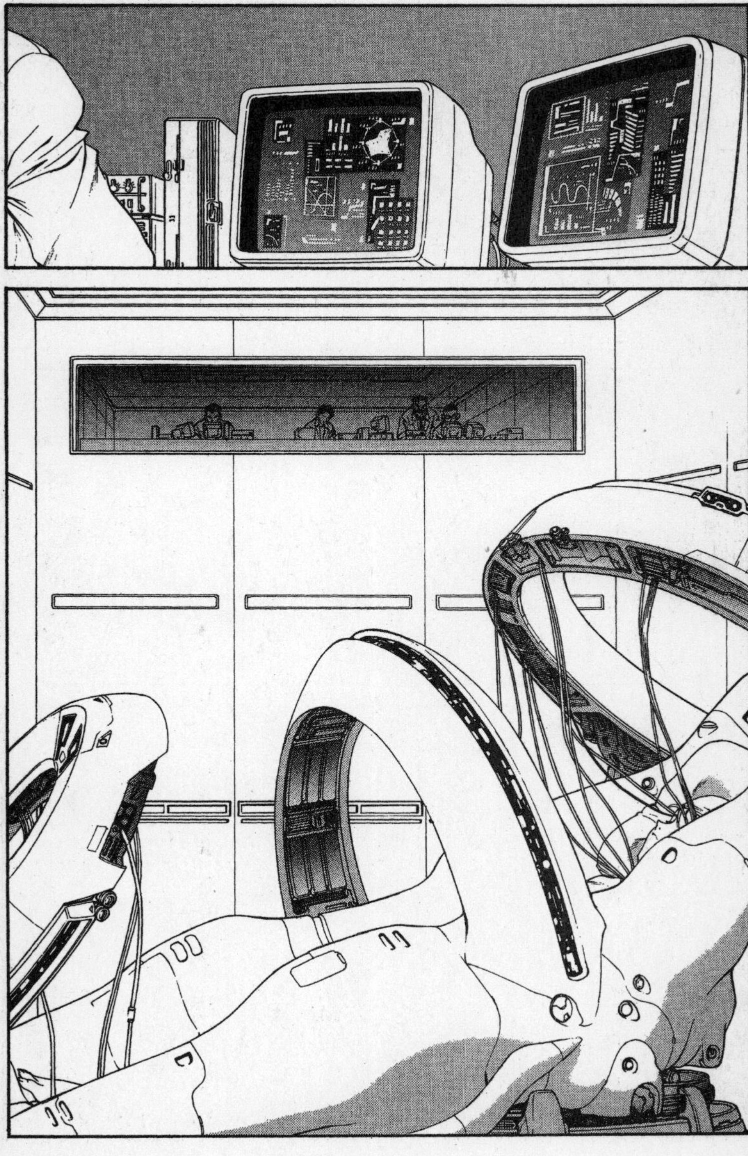

BIS JETZT KONNTEN WIR NICHTS ANORMALES ENTDECKEN.
JA, ICH SEHE ES ...
ABER JETZT ...
...WERDEN DIE PROBLEME BEGINNEN.
PATS
PRO-FES-SOR!

MAN HAT MIR EBEN MITGETEILT, DASS DER JUNGE MANN ...
...ZU SICH GEKOMMEN IST. WAS WOLLEN SIE TUN?
WENN ES ZU VERÄNDERUNGEN KOMMT, RUFEN SIE MICH.
ICH MUSS MIT IHM REDEN.
IHN SEHEN.
DIESER JUNGE MANN ...
ER HEISST SUNAO OMI.

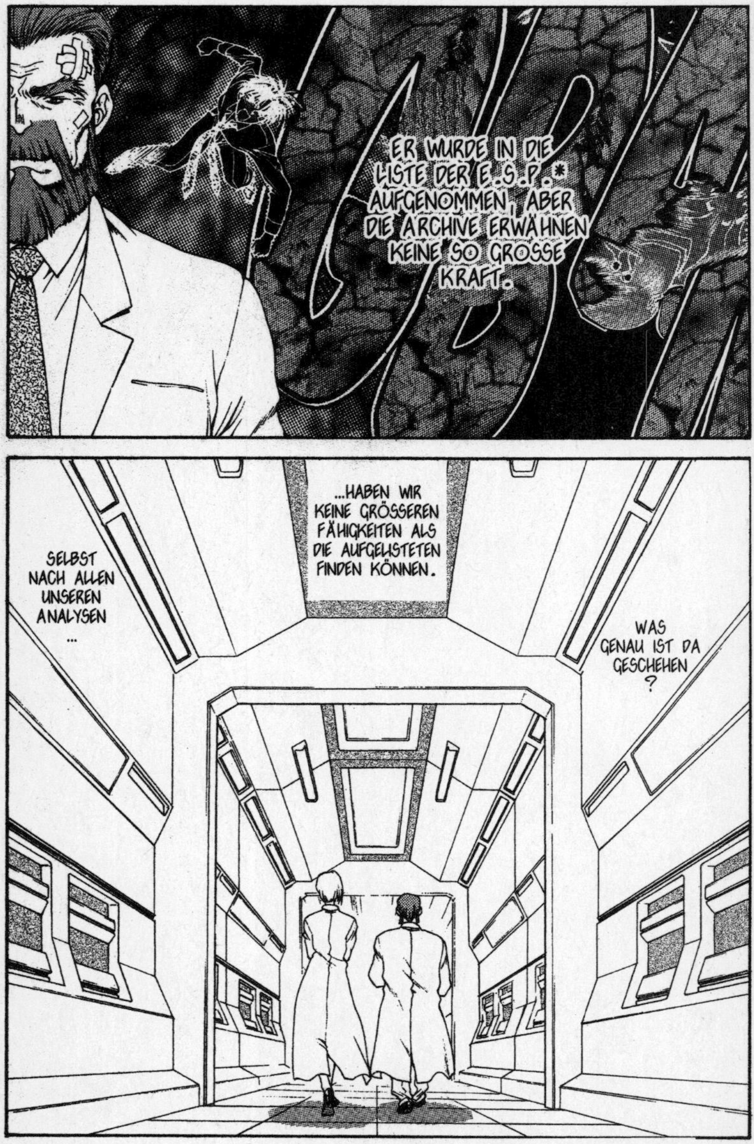

*E.S.P. = PERSON MIT PARAPSYCHISCHEN KRÄFTEN.

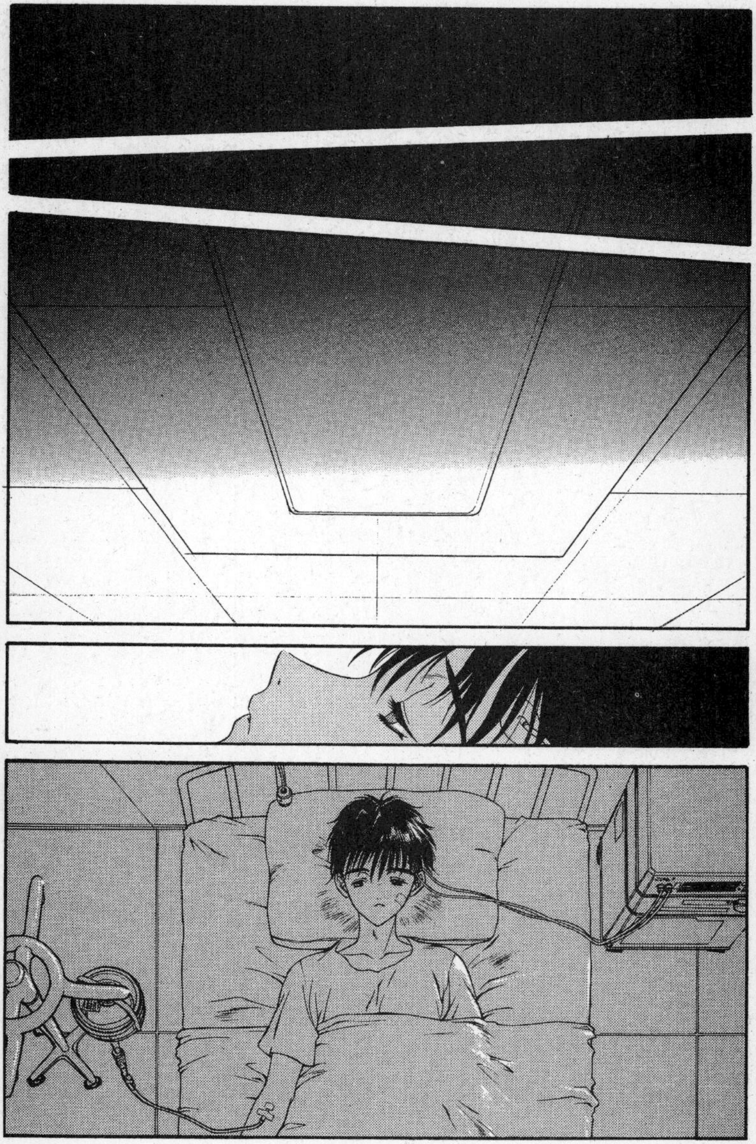

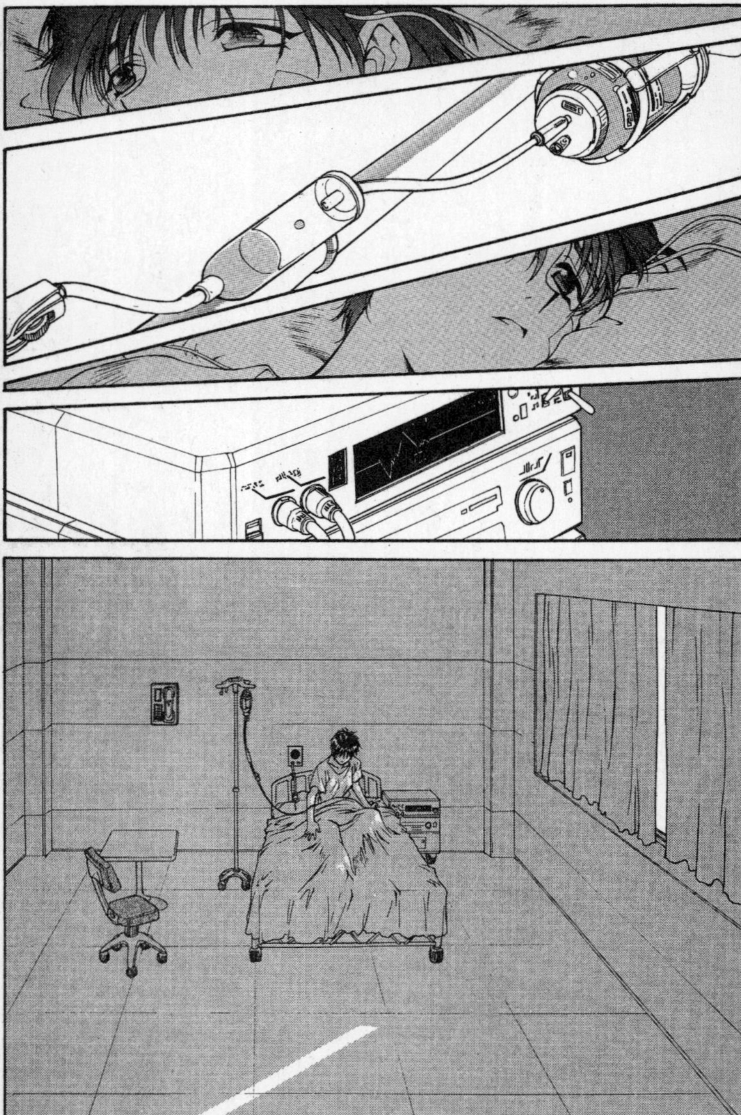

...
TSHAF

ÄH ...
NUN ...
GUTEN TAG.

SIE SIND... SIE ...
SU-NAO OMI.
WIE FÜHLST DU DICH ?
WO IST KEI ?!
KEIII!
STAF
AUF DIESE ART WIRD KEI SICH SELBST ZER-STÖREN!!

KEI IST ...
KEI!!
BE-RUHI-GEN SIE SICH!
STAP
HURG!
PTOM
KYAA!
UPS!
STOM
ISHUF
UNG!
STOM

MACHT MAN SO WAS, KLEINER DRAUF-GÄNGER?
!
NA, NA!
MFF
HUMPF
MACH DIR KEINE SORGEN.
KEI GEHT ES GUT.

ILAK
ILAK
AH, DANKE.
BEDIEN DICH!
GUT, ICH GEHE DANN MAL.
FFF

WIR KONNTEN IN UNSEREN ARCHIVEN KEINE SPUR DEINER KRAFT FINDEN. SAGTEST DU NICHT, SIE WÄRE AUFGETAUCHT, ALS DU KEI GESEHEN HAST?
FUM
...
ICH WEISS NICHT. VIELLEICHT BESASS ICH DIESE KRAFT SCHON DAVOR.
ABER SIE HAT SICH IN DEM MOMENT OFFENBART.
WAS IST MIT DIR?

35. Akt

WAS HAST DU? WARUM WEICHST DU STÄNDIG MEINEM BLICK AUS?
GLOUP
ÄH... ICH WOLLTE NUR WISSEN, OB SIE IN ORDNUNG SIND...
ALSO ...
SIE HATTEN SO VIEL BLUT VERLOREN ...
ACH SO ...
GERADE HAST DU MEINE BRUST BERÜHRT ...
UND JETZT MEINEN BAUCH ...?

WILLST DU IHN SEHEN?
IHRE VERLETZUNGEN SIND KOMPLETT VERHEILT. ES GIBT NICHT EINMAL NARBEN.
WIE? ABER NEIN ...
DAS HABE ICH NICHT GESAGT!!

DAS IST EINE DER EIGEN-SCHAFTEN DER KRÄFTE DER SENTINEL.
ABER NICHTS IM VERGLEICH ZU KEIS REGENERATION, DEREN ZEUGE DU WARST. ES IST UNGLAUBLICH ...
...DASS SIE IHR GEHIRN UND IHRE ERINNERUNG ZUR SELBEN ZEIT WIEDER HERSTEL-LEN KONNTE.
ALLERDINGS WAR FÜR KEI AUCH DIE MACHT DER EMBLEM-SEED VON NUTZEN ...
WURDEN DIE PARA-PSYCHO-LOGISCHEN KRÄFTE DIESES JUNGEN EBENFALLS VON DEN EMBLEM-SEED BEEIN-FLUSST ?
DIESE AUSSER-IRDISCHEN BESITZEN EINE HOCH ENTWICKELTE TECHNO-LOGIE, NICHT WAHR?
DAS WENIGE, DAS ICH GESEHEN HABE, ÜBER-TRIFFT DAS MENSCHLICHE WISSEN BEI WEITEM.
KANN DAS EMBLEM-SEED DIESE KURZ-FRISTIGEN VERÄNDERUNGEN AUCH BEI JEMANDEM BEWIRKEN, DER KEIN SEEDER IST?

WENN ES SICH NUR UM TECHNOLOGIE HANDELN WÜRDE, WÄRE DIE UNO NICHT SO UN-VERSÖHNLICH.
DESHALB WERDEN SIE VON ALLER WELT BEGEHRT.
WIE?
SIE KÖNNEN MIT LEUTEN, DIE DAS NICHTS ANGEHT, NICHT DARÜBER REDEN.
...ICH VER-STEHE.

JA, ABER DICH GEHT ES JETZT ETWAS AN ...
NEIN! NICHT!
ICH WILL NICHTS DAVON HÖREN!
ABER ...
ABER ...
EINE SACHE MÖCHTE ICH WISSEN.
WAS IST MIT ...
...KEIS KÖRPER PASSIERT?

SIE SIEHT SO JUNG AUS, OBWOHL EINIGE ZEIT VERGAN-GEN IST.
UND OBWOHL SIE ZERFETZT WORDEN WAR, KONNTE SIE SICH WIEDER HERSTELLEN.
UND DANN ...
...SIND PLÖTZLICH FLÜGEL AN IHREM KÖRPER ERSCHIENEN, WIE BEI APEP ...
ICH KANN ES NICHT ...
DAS ALLES ...

MRRR ...
TSIP
SUNAO, BIST DU NICHT AUF DEN MOND GEKOMMEN, UM AN KEIS GRAB RUHE ZU FINDEN ?

WEISST DU ...
...DU SOLLTEST BESSER ZUR ERDE ZURÜCKKEHREN UND DIR SAGEN, DASS KEI GESTORBEN IST, WIE DU ES DIR GEDACHT HAST ...
JA!
OH!
WIE ?
SELBST WENN ICH UNTER BEOBACHTUNG LEBEN MUSS UND AN MIR TESTS DURCHGEFÜHRT WERDEN IN EINEM LABOR, DAS ICH NOCH NICHT EINMAL KENNE...
WENN... WENN DU JETZT GEHST, WERDE ICH ES SO EINRICHTEN, DASS DU EIN LEBEN WIE FRÜHER VORFINDEST.
WENN DU DICH WEITER UM KEI KÜMMERST ...
... DANN ...
KEHR ZUR ERDE ZURÜCK !!
ICH GEBE DIR EINS !!
DU ARBEITEST DOCH, UM EIN FLUGTICKET BEZAHLEN ZU KÖNNEN, ODER?
ICH WILL ...
SELBST WENN ...

...WIRST DU STERBEN ...!

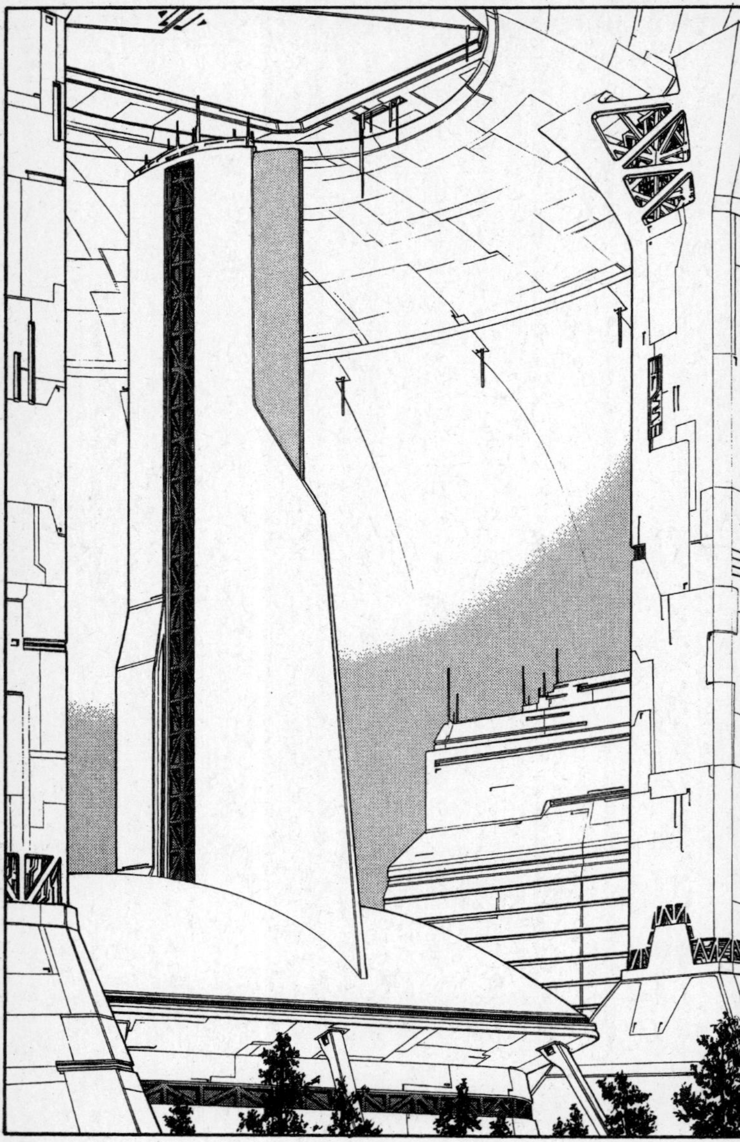

DONG
JUNGER HEIDEMANN
...

MAN HAT MIR EINFACH NAHE GELEGT, DASS ES NÖTIG WÄRE, DIE INITIATIVE ZU ERGREIFEN.
WIR HABEN SIE NICHT HERKOMMEN LASSEN, UM SIE DEM RICHTER VORZUFÜHREN.
ALLE FÜRCHTEN IHRE MACHT, MIT DER SIE DAS AUFGEBOT DER UNO, DAS DIE AUSSERIRDISCHE TECHNOLOGIE UNTERSUCHEN SOLLTE, VERNICHTET HABEN.
ABER DAS FUNKTIONIERT NICHT, DA SIE ALLE MUNDTOT GEMACHT HABEN.
SIE MÜSSEN IHNEN VERGEBEN.

ABER JETZT MÖCHTE ICH GERNE DIE WAHRHEIT HÖREN.
TING
...HAT DIE DIESKARTS-GESELL-SCHAFT SIE FREIGE-KAUFT.
JUNGER HEIDEMANN, SO WIE SIE ES WOLLTEN ...

WAS WOLLEN SIE DAMIT SAGEN?
SIE BEHAUPTEN DAS MIT EINER SOLCHEN ÜBERZEUGUNG ...
WILLER.
JA.
APEP HEIDEMANN, VIZEPRÄSIDENT DES ZENTRUMS FÜR HUMANFORSCHUNG.
AUF IHRE PERSON SIND ZUR ZEIT NEUN HAFTBEFEHLE VON DER UNO AUSGESTELLT.
DIESE ZAHL KÖNNTE NOCH STEIGEN, WIRD SICH ABER KEINESFALLS VERRINGERN.
WENN SIE UNS JEDE IN IHREM BESITZ BEFINDLICHE AUSSERIRDISCHE TECHNOLOGIE SOWIE JEDE, DIE SIE NOCH ENTDECKEN WERDEN, ÜBERGEBEN...
...GARANTIEREN WIR IHNEN DIE FREIHEIT.
WIR SIND SOGAR BEREIT, SIE OFFIZIELL ZUM DIREKTOR DES ZENTRUMS ZU ERNENNEN UND SIE KOMPLETT ZU FINANZIEREN.

ICH WÜSSTE NICHT, WARUM IHR ANGEBOT MICH INTERESSIEREN KÖNNTE.
MEINE AUSSERIRDISCHEN KRÄFTE HABEN ES MIR ERLAUBT, DIE TRUPPEN OHNE IHRE HILFE ZURÜCKZUSCHLAGEN. ICH BIN BEREITS FREI.
GRIP
GLAUBEN SIE IM ERNST, DASS ICH IHR ANGEBOT ANNEHMEN WERDE?
HÖREN SIE AUF, DEN GROSSEN MANN ZU SPIELEN.
TLIC
WENN SIE RECHT HÄTTEN ...
...WÄREN SIE NICHT HERGEKOMMEN.
JUNGER HEIDEMANN, SIE WUSSTEN BEREITS, WELCHE POSITION WIR EINNEHMEN WÜRDEN, UND DIE DINGE GEHEN IHREN LAUF, WIE SIE ES VORAUSGESEHEN HABEN.
SIE WAREN ES, DER UNS DANK SEINER GROSSARTIGEN ÖFFENTLICHKEITSARBEIT DIESEN MARKT IN DIE HAND GEGEBEN HAT...
...DAMIT SIE IHRE UNTERSUCHUNGEN OHNE INTERVENTION DER UNO FORTSETZEN KÖNNEN ...
ODER TÄUSCHE ICH MICH?

DAS LIEF JA GANZ GUT ...
BIN ZWAR EIN GEWISSES RISIKO EINGEGANGEN...
...ABER ICH WEISS JETZT, DASS ES BEI DIESKARTS KOMPETENTE LEUTE GIBT ...
DANKE FÜR DIESES KOMPLIMENT, JUNGER HEIDEMANN.
AL HAULA ?!

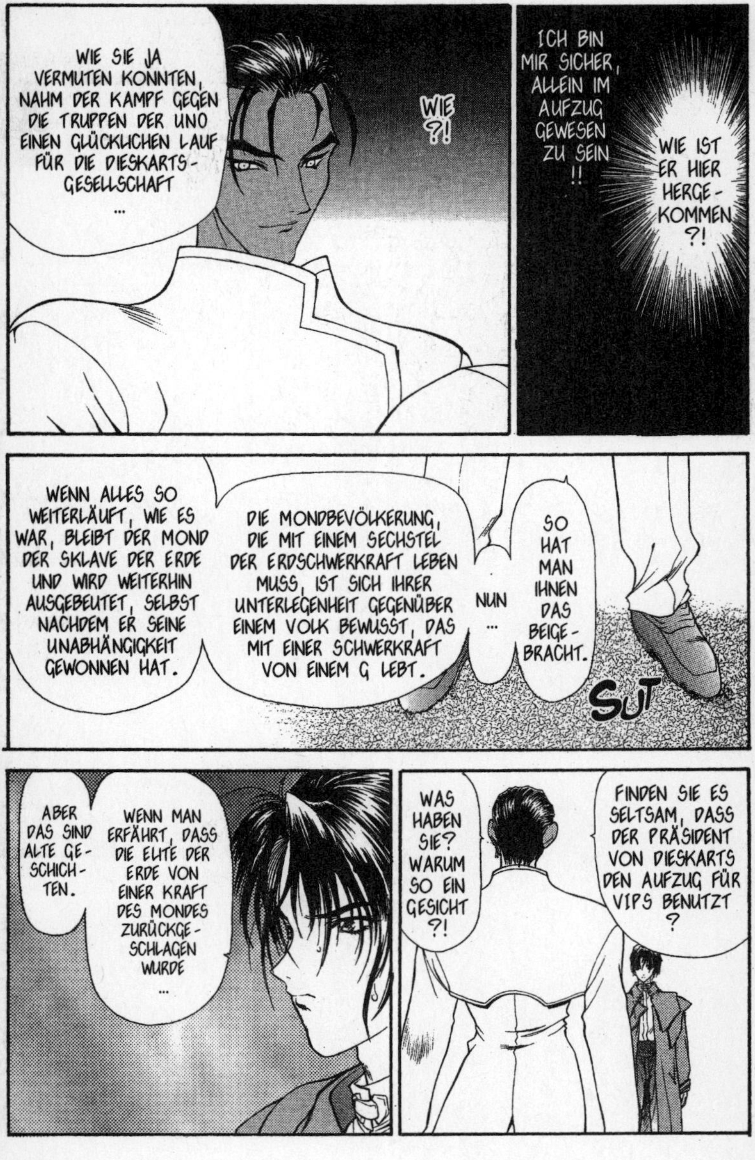
ICH BIN MIR SICHER, ALLEIN IM AUFZUG GEWESEN ZU SEIN !!
WIE IST ER HIER HERGE-KOMMEN ?!
WIE ?!
WIE SIE JA VERMUTEN KONNTEN, NAHM DER KAMPF GEGEN DIE TRUPPEN DER UNO EINEN GLÜCKLICHEN LAUF FÜR DIE DIESKARTS-GESELLSCHAFT ...
SO HAT MAN IHNEN DAS BEIGE-BRACHT.
SUT
NUN ...
DIE MONDBEVÖLKERUNG, DIE MIT EINEM SECHSTEL DER ERDSCHWERKRAFT LEBEN MUSS, IST SICH IHRER UNTERLEGENHEIT GEGENÜBER EINEM VOLK BEWUSST, DAS MIT EINER SCHWERKRAFT VON EINEM G LEBT.
WENN ALLES SO WEITERLÄUFT, WIE ES WAR, BLEIBT DER MOND DER SKLAVE DER ERDE UND WIRD WEITERHIN AUSGEBEUTET, SELBST NACHDEM ER SEINE UNABHÄNGIGKEIT GEWONNEN HAT.
FINDEN SIE ES SELTSAM, DASS DER PRÄSIDENT VON DIESKARTS DEN AUFZUG FÜR VIPS BENUTZT ?
WAS HABEN SIE? WARUM SO EIN GESICHT ?!
WENN MAN ERFÄHRT, DASS DIE ELITE DER ERDE VON EINER KRAFT DES MONDES ZURÜCKGE-SCHLAGEN WURDE ...
ABER DAS SIND ALTE GE-SCHICH-TEN.

NEIN, ICH FÜHRE NUR DIE GESCHÄFTE.
NEIN, NATÜRLICH NICHT... SCHLIESSLICH GEHÖRT DIESES GEBÄUDE IHNEN!
TAP
ABER ...
...DA WIR GEMEINSAME INTERESSEN HABEN, WÜRDE ICH GERNE IN GUTER BEZIEHUNG ZU IHNEN STEHEN.
WIR KÖNNEN IHNEN NICHT 100-PROZENTIG VERTRAUEN.
WIR SIND WIE SIE.
JA, NATÜRLICH.

36. Akt

DER SPRECHER DER UNO VERWEIGERT JEGLICHEN KOMMENTAR.
KEEP OUT
UN
WIR BEFINDEN UNS HIER AM ORT DER GESCHEHNISSE. DIE UNTERSUCHUNG DER POLIZEI UND DER BETEILIGTEN ORGANISATIONEN GEHT WEITER, ABER NOCH WIRD NICHTS BEKANNT GEGEBEN.
MAN BEGINNT BEREITS, DIESE ANGELEGENHEIT MIT DEN EREIGNISSEN IN PHILADELPHIA ZU VERGLEICHEN.
KEEP OUT

WIR BEFINDEN UNS HIER AM ORT DER GESCHEHNISSE. DIE UNTERSUCHUNG DER POLIZEI UND DER BETEILIGTEN ORGANISATIONEN GEHT WEITER, ABER NOCH WIRD NICHTS BEKANNT GEGEBEN.
ICH DARF SIE DARAN ERINNERN, DASS DER ZWISCHENFALL SICH VOR ZWEI TAGEN EREIGNET HAT.
KEEP OU
CHANNEL 13
HEADLINE
GNN
DAS WAR PRISCILLA GRANT LIVE...
...VOM ALLDRIN-WALD-PARK.
PIP
ER IST WIRKLICH SPÄT DRAN...

PFF ...
DIE KOMMISSION ...
Fm
WIE ES APEP WOHL ERGANGEN IST?
WIE...
WIE KONNTE ES SO WEIT KOMMEN ?

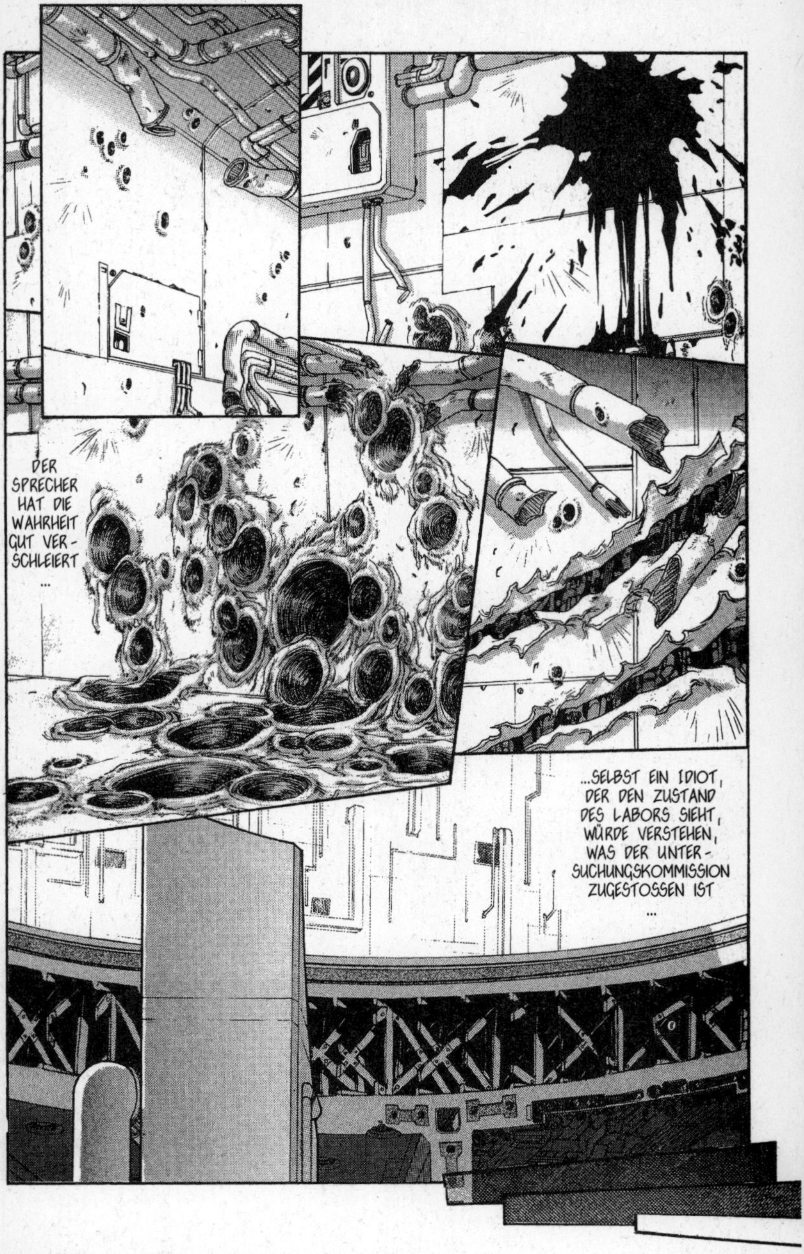
DER SPRECHER HAT DIE WAHRHEIT GUT VER-SCHLEIERT ...
...SELBST EIN IDIOT, DER DEN ZUSTAND DES LABORS SIEHT, WÜRDE VERSTEHEN, WAS DER UNTER-SUCHUNGSKOMMISSION ZUGESTOSSEN IST ...

TROTZ DES BEFEHLS ZU SCHWEIGEN, BEGINNT EIN MITGLIED DES PERSONALS SCHLIESSLICH DOCH ZU SPRECHEN.
ABER DU BIST DOCH IN DER LAGE, DIE SEED ZU KONTROLLIEREN, ODER?!
STIMMT ES, DASS DAS SEED WEGEN DER TRUPPEN NICHT MEHR ZU KONTROLLIEREN IST?
AAAH, APEP... WAS HAST DU GETAN?

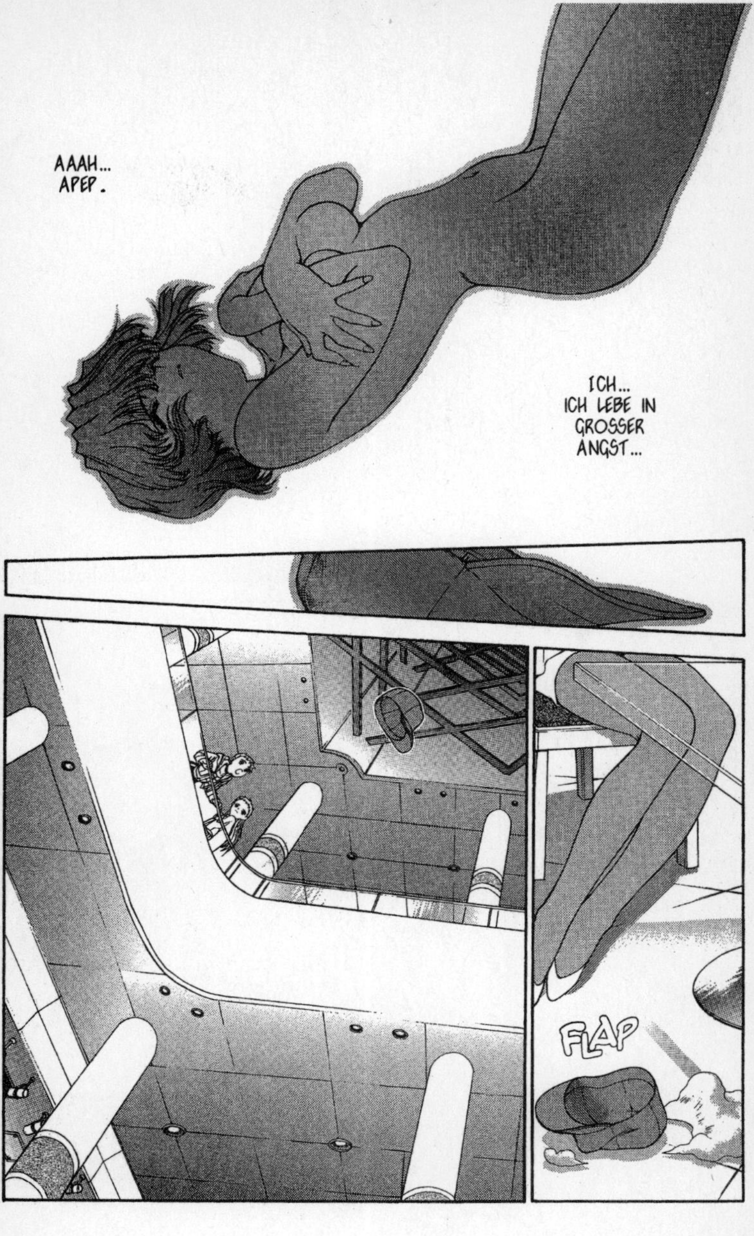
ICH...
ICH LEBE IN
GROSSER
ANGST...
AAAH...
APEP.
FLAP

ENTSCHULDIGEN SIE! ICH KOMME SOFORT, UM SIE ZU HOLEN!!

PTA
SRITT
HEHEHE, ICH HABE DEN DEPP GEMACHT, UND DA IST SIE WEGGE-FLOGEN.
HIER!
DANKE!
HMM...
?
HOPP!
TOF

HU-
HU-
HU-
HU-
HU.
DU BIST VER-DAMMT HÜBSCH.
BIST DU BE-LIEBT?
ALSO... NICHT BESON-DERS ...
WER IST DIESES KIND?
WIE?
ABER DU BIST DOCH SO HÜBSCH! SAG ...
WAS MUSS ICH TUN, DAMIT ICH SO GROSSE BRÜSTE WIE DU BE-KOMME?
?!
FLUP
KOMMT DAS DAHER, WEIL DEIN FREUND SICH GUT UM SIE KÜMMERT?
ABER ...
WAS REDEST DU DA? DAS IST NICHTS FÜR KINDER!
TLAM
DU BIST SÜSS, WENN DU ROT WIRST!
OH, SAG BLOSS ...
DU BIST SAUER!!
DU HAST ES NOCH NIE GETAN!!
MFF
AGA
GA

ALSO ...
DA GIBT ES JEMANDEN, ABER ICH WEISS WIRKLICH NICHT, WAS ER VON MIR DENKT.
WARUM SOLLTE ICH MICH WEGEN EINEM KIND ÄRGERN?
FLOM
SAG, IST ER HÜBSCH?
ABER ...
NA JA... EIGENTLICH GEHÖRT ER ZU DER SORTE MANN, WO MAN NIE WEISS, WAS SIE DENKT ...
AAAH, MIST!
MEINE FREUNDIN WARTET AUF MICH!!
TAK
JA.

BIS BALD, FRÄULEIN!!
GRÜSS APEP VON MIR!!
SELTSAMES KIND... ABER HABE ICH...
HUM
HABE ICH DEN NAMEN MEINES LIEBSTEN GENANNT?
AH! APEP!!
WER... IST BEI IHM?

37. Akt

DAS WIRD HERRN BOGGLE, DEM SICHERHEITS-CHEF, ABER NICHT GEFALLEN!
...GUT, ICH WERDE IHNEN SCHNELLSTENS EINEN ERSATZ FÜR HAYWARD SCHICKEN.
FÜR GEFÜHLS-DUSELEIEN HABEN WIR JETZT KEINE ZEIT.
AUSSERDEM IST DIE SICHERHEITS-ABTEILUNG IM MOMENT SEHR BESCHÄFTIGT.
WIR KÖNNEN NICHT AUF JEDER-MANNS GEFÜHLE RÜCKSICHT NEHMEN.
WIR SIND EIN UNTER-NEH-MEN.
ICH VER-STEHE.

DIE DIESKARTS-GESELLSCHAFT BEGINNT ALSO ZU HANDELN ...
...NOCH BEVOR ICH ZU EINER ENTSCHEIDUNG GEKOMMEN BIN.
ENT-SCHULDI-GEN SIE MICH ...
ICH HABE EINE VERAB-REDUNG.
KEIN PRO-BLEM.
AH, NOCH EINE SACHE.
JUNGER HEIDEMANN, SIE SOLLTEN EINS IM GEDÄCHTNIS BEHALTEN ...
DAS HAUPT-ZIEL DER DIESKARTS-GESELL-SCHAFT ...
...IST DER SCHUTZ DES MONDES VOR DEM IMPERIALISMUS DER ERDE.

ICH WÜNSCHE IHNEN VIEL ERFOLG BEI IHREN FORSCHUNGEN.
DIESKARTS IST DAZU VERPFLICHTET!
GUT, ICH HABE VERSTANDEN.

KATLAC
APEP!
FARN!
WARUM HAT DAS SO LANGE GEDAUERT ...?
IST ES GUT GELAU-FEN?
WIE? WOVON REDEST DU?
ICH WAR BEUNRUHIGT UND WOLLTE WISSEN, OB ES BEI DER KOMMISSION FÜR DICH GUT GELAUFEN IST...
DIESER MANN MACHT MIR ANGST. DAS IST DOCH DER PRÄSIDENT VON DIESKARTS, ODER?

OH, TUT MIR LEID ...
...ABER MACH DIR KEINE SORGEN. ALLES IST BESTENS.
ICH BIN SOGAR BEFÖR-DERT WORDEN.
AH JA...? NA, UMSO BESSER ...
ABER DU WARST SO BLASS... UND JETZT BIST DU SCHWEISS-GEBADET ...
SCHWEISS ?

DEIN KAF-FEE ...
ER IST KALT GEWOR-DEN.

JA ...
ICH WERDE VIELLEICHT STERBEN.
WÄHREND DER KURZEN ZEIT, DIE ICH MIT KEI VERBRACHT HABE ...
...WÄRE ICH MEHRERE MALE FAST GESTOR-BEN.
ABER ...!
TLAM
WENN ICH JETZT GEHE, DANN WERDE ICH ES BEDAUERN, DAS WEISS ICH!
SHWIP
DESHALB RISKIERE ICH LIEBER MEIN LEBEN!

UND DESHALB WILL ICH DIE WAHRHEIT WISSEN!!
JEDENFALLS FÄLLT IN BEIDEN FÄLLEN DIE ENTSCHEIDUNG SCHWER!
SO SEHR LIEBST DU KEI ALSO ...
UND ICH HABE NOCH NIE EINEN KAMPF MANN GEGEN MANN VERLOREN. SELBST WENN ICH FLÜCHTEN MUSSTE, HABE ICH NICHT AUFGEGEBEN.
HÖR MIR GUT ZU, SUNAO OMI! ICH BIN EINER DER BESTEN AGENTEN DER UNO.

VERSTEHST DU? ABER DIESES MAL WÄRE ICH FAST DRAUF-GEGANGEN!!
SEIT HEUTE RISKIERE ICH, JEDEN AUGENBLICK ZU STERBEN, WENN ICH KEI BESCHÜTZE.
UND MIT EINEM AMATEUR AN MEINER SEITE STEIGT DIESES RISIKO NOCH.
KURZ GESAGT, DU BEHIN-DERST MICH!!

KEHR ZUR ERDE ZURÜCK.
DU BIST DANN WENIGSTENS NICHT MEHR IN GEFAHR ZU STERBEN. UND SELBST WENN ICH DICH NICHT SEHE ...
...WERDE ICH WISSEN, DASS DU IRGENDWO AM LEBEN BIST. UND ICH ...
FRÄULEIN M-ZAK, ES TUT MIR LEID, IHNEN DAS SAGEN ZU MÜSSEN... ABER DIE UNO HAT NICHT DIE ABSICHT, IHN GEHEN ZU LASSEN.
SELBST WENN DIE AUSSICH-TEN GERING SIND ...
...KÖNNTE ER...
...DAS EINZIGE MITTEL GEGEN DIE SENTINEL SEIN.

SIE HABEN VOR, IHN GEGEN DIE SENTINEL ZU SCHICKEN ?!!
UND WENN DIE ERGEBNISSE ZEIGEN, DASS NUR ER DIESE KRAFT BESITZT, WAS TUN SIE DANN?!
DAS HABE ICH NICHT GESAGT. ABER WIR MÜSSEN SUNAOS KRÄFTE ANALYSIEREN.
WENN ICH FREIWILLIG MIT DER UNO ZUSAMMENARBEI-TE, ERZÄHLEN SIE MIR DANN ALLES ÜBER KEI ?!
UND WENN ICH ...
AUSSERDEM BESITZT ER RECHTE, UND WENN ER NICHT ZUSTIMMT ...

HÖR AUF, SOLCHEN UNSINN ZU ERZÄHLEN !!!
SKRIN
?!
WAS...?
SHLAT

HMM
O.K.
PUSHH
GLAN
GLAN
GLAN

GLAN
GLAN
GLAN
OH ?
DAS WAR ...

EINE WANZE.
UNMÖGLICH! DIESES GEBÄUDE IST GEGEN JEGLICHE FUNKWELLEN ABGESCHIRMT. ES GIBT KEINE ABHÖRMÖGLICHKEITEN VON AUSSEN.
DIESE ART VON MIKRO TRANSFORMIERT DIE WELLEN, DIE IN SEINEN WIRKUNGSBEREICH GERATEN, IN LASERSTRAHLEN UND SCHICKT SIE ZU EINEM LASEREMPFÄNGER.
SO LÄUFT DAS.
DIESE GERÄTE ENTGEHEN DEN DETEKTOREN FÜR MIKROPHONE UND FUNKWELLEN, ABER SIE BESITZEN AUCH SCHWACHPUNKTE.
MAN KANN SIE NICHT ÜBERALL INSTALLIEREN, UND SIE VERBRAUCHEN GROSSE MENGEN VON ELEKTRIZITÄT.
DIESES HIER FUNKTIONIERT NOCH!
ABER DANN ...

...ABER ICH BIN DAVON ÜBERZEUGT, DASS DAS SICHERHEITSSYSTEM DIESES GEBÄUDES ZUR ZEIT NICHT FUNKTIONIERT.
ICH WEISS NICHT, OB ES EINEN VERRÄTER UNTER UNS GIBT ODER OB WIR INFILTRIERT WURDEN...

KEI IST ENTFÜHRT WORDEN ?!
WIE ?!!
JA, JA. ICH BIN DRAN.
Briep

38. Akt

SIE IST IN KEINEM ZIMMER ZU FINDEN.
WAS HEISST, KEI WURDE ENTFÜHRT ?!
NOCH NICHT ALLES... DAS PERSONAL ...
DAS GESAMTE PERSO-NAL ...
ES MÜSSEN DIE ZWEI MÄNNER GEWESEN SEIN, AN DENEN ICH VORBEIGEKOM-MEN BIN!
ABER DAS ...
DAS IST ...

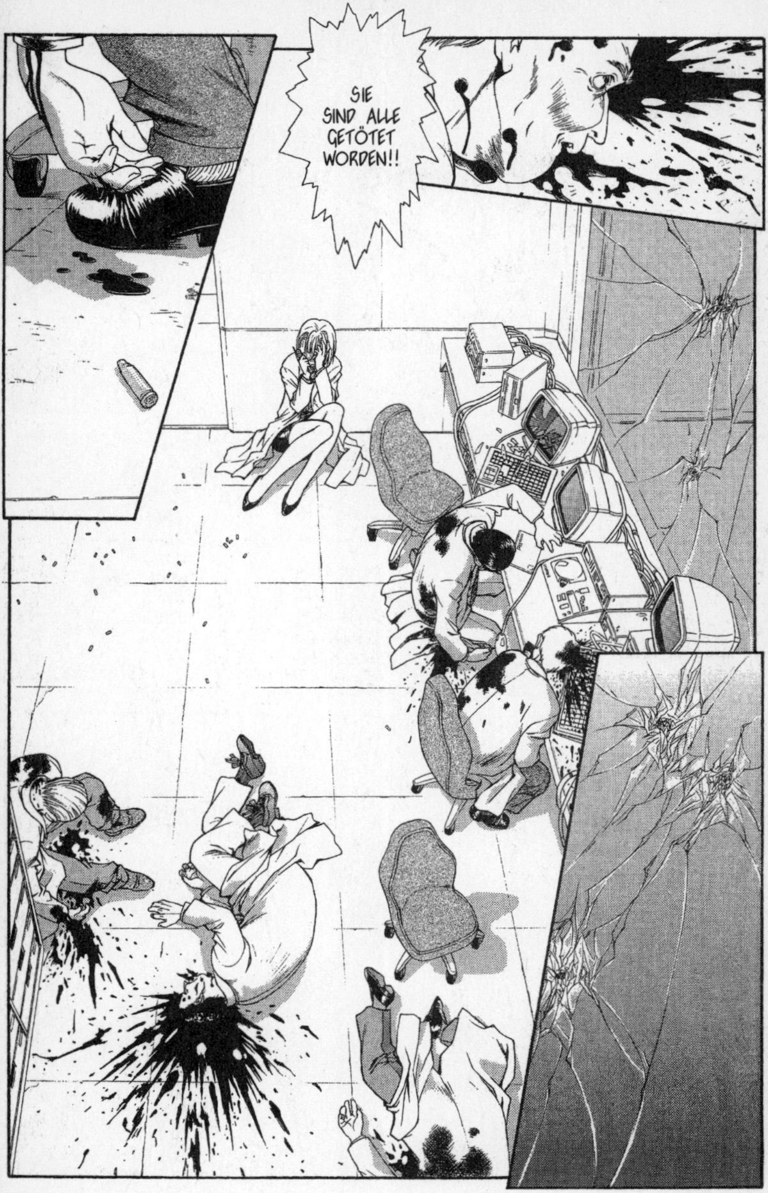
SIE SIND ALLE GETÖTET WORDEN!!

ICH KANN ES NICHT GLAU-BEN!
IN EINEM GEBÄUDE DER UNO KANN SO ETWAS ...
... NICHT PAS-SIEREN ...
GRUIK
SPLAM
HE!
WAS SOLL DAS ?!
DOM
DOM
AUF-MA-CHEN !!
UNNNNNN ...

SIE ÖFFNET SICH NICHT!
MIST!
H M M ...
FRÄULEIN M-ZAK, WIE KÖNNEN SIE SO RUHIG BLEIBEN?
DIE TÜR!
FRÄULEIN M-ZAK ...
FRÄULEIN M-ZAK, HÖREN SIE MICH?!
UND ES WURDE NOCH KEIN ALARM AUS-GELÖST ...
TIN
IIIN
DAS FENSTER UND DIE TÜR SIND BLOCKIERT.
...ALS WIR DAS MIKRO FANDEN.
HISHIKA MEINT, DASS KEI VON ZWEI MÄNNERN ENTFÜHRT WURDE. GENAU IN DEM AUGENBLICK ...

UND DER KONTROLL-RAUM WAR VERWÜSTET ?
PATS
FRÄULEIN M-ZAK !!
SCHNELL, WIR MÜSSEN KEI FINDEN!
WENN WIR JETZT KOPFLOS LOSSTÜRMEN, WERDEN WIR ZEIT VERLIEREN. ZUERST MÜSSEN WIR WISSEN, WO SIE IST.
UND IN WELCHE RICHTUNG SIE GEBRACHT WIRD!
KTAC
PROFESSOR, VERSUCHEN SIE, MIT IHREM PERSÖNLICHEN CODE ZUGRIFF AUF DIE DETEKTOREN UND ÜBERWACHUNGS-KAMERAS DES GEBÄUDES ZU BEKOMMEN.
IST DAS MÖGLICH ?
JA.
NATÜR-LICH.
TSIP
WAS WÜRDE ICH AN DEREN STELLE TUN? ICH WÜRDE EINEN HELIKOPTER ODER EINEN WAGEN BENUTZEN.
DER HELIKOPTER IST AM SCHNELLS-TEN ...

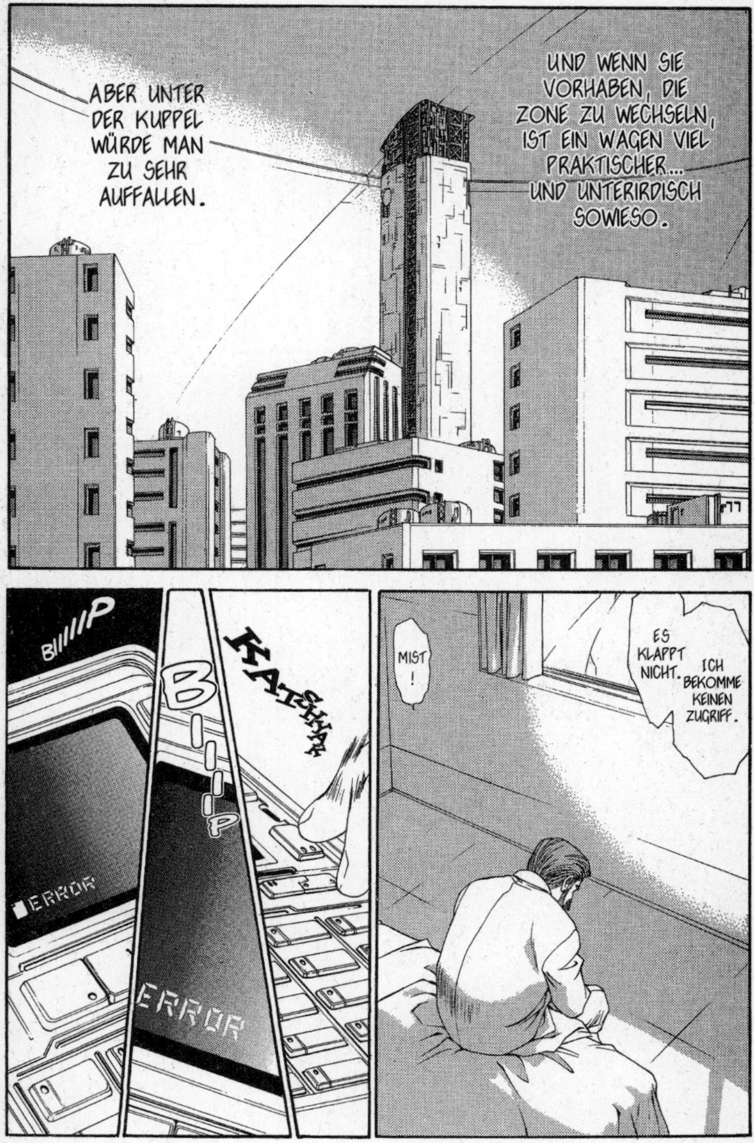
UND WENN SIE VORHABEN, DIE ZONE ZU WECHSELN, IST EIN WAGEN VIEL PRAKTISCHER... UND UNTERIRDISCH SOWIESO.
ABER UNTER DER KUPPEL WÜRDE MAN ZU SEHR AUFFALLEN.
ES KLAPPT NICHT.
ICH BEKOMME KEINEN ZUGRIFF.
MIST!
KATSCHAK
B-I-I-I-P
ERROR
BIIIIIP
ERROR

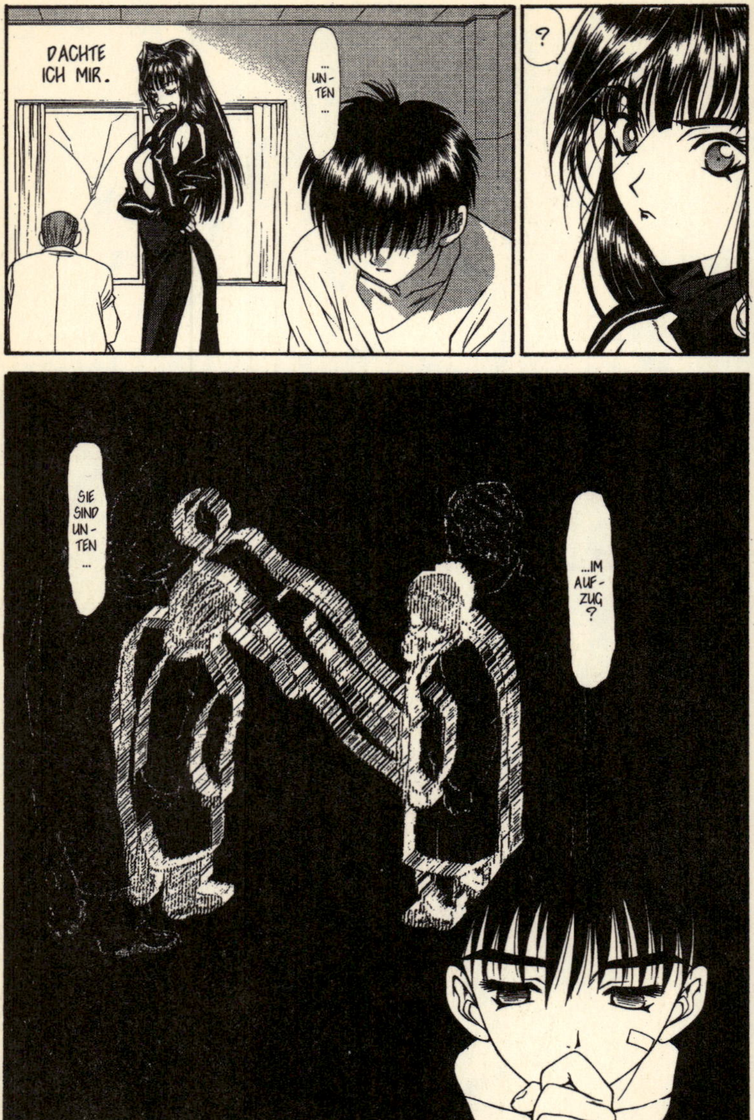
?
...
UN-
TEN
...
DACHTE ICH MIR.
SIE SIND UN-TEN ...
...IM AUF-ZUG?

WEISST DU, WO KEI SICH BEFINDET ?!
NEIN, DIE GABE DES ZWEITEN GESICHTS !!
...DAS IST HELL-SEHE-REI!!
HIPS
WAS SAGST DU ?
ABER DAS ...
FÜR DEN AUGEN-BLICK ...
...REICHT DAS!
KTING
GZIN
OKAY.
NEIN... ICH KANN NICHT GENAU SAGEN, WO... ABER VIELLEICHT ...

WHUUUU
MIST!
WOUA
FWIT
PTH
SHKLYANG
KLAPPT ES MIT DIESEM TRAGBAREN MODELL ...
...NICHT ?!

GUT! KOMM!
FWOM
WIE? WAS?
WOAH!
GRIP
MOMENT... HALT... SIE WOLLEN DOCH NICHT SPRINGEN, ODER?!
KEINE ANGST! DIE SCHWERKRAFT BETRÄGT NUR EIN SECHSTEL, UND DAZU KOMMT NOCH DER LUFTWIDERSTAND. DU WIRST DICH NICHT VERLETZEN!!
DAS ...
DAS GIBT'S DOCH NICHT ?!
PROFESSOR, SEIEN SIE VORSICHTIG...
FRÄULEIN M-ZAK ?!
...UND KÜMMERN SIE SICH UM DEN REST.

39. Akt

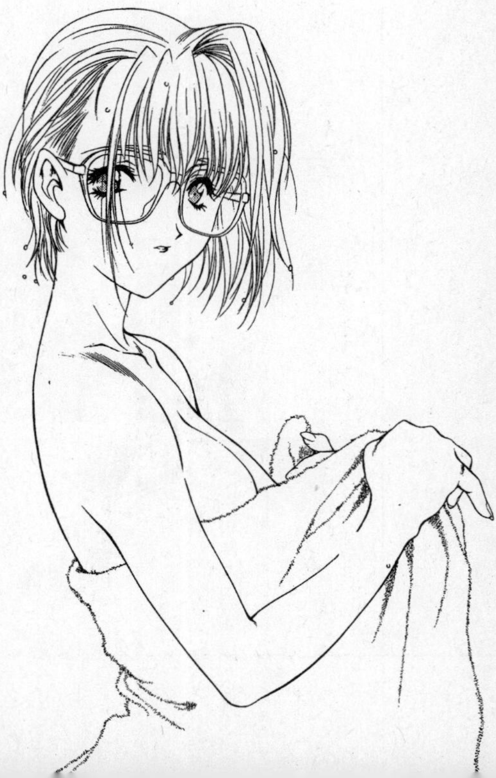

HUA
AAA
UAAA

WUAAAA
SIE HABEN KEI ENTFÜHRT UND DAS PERSONAL GETÖTET. DOCH HISHIKA, DIE SIE GESEHEN HAT, HABEN SIE NICHTS ANGETAN...
SHRK SHRK SHRK
ABER DER KONTROLLRAUM WAR NICHT MEHR ZU GEBRAUCHEN, UND ICH GLAUBE NICHT, DASS HISHIKA ETWAS DAMIT ZU TUN HAT.
DANN MUSS ES ZWEI GETRENNTE GRUPPEN GEGEBEN HABEN ...
WAS BEDEUTEN WÜRDE, DASS DIE MÖRDER NOCH IM GEBÄUDE SIND.

SBLING
STAP
ABER KEIS SCHUTZ STEHT AN ERSTER STELLE!!
SHRKSHRK
SLAT
SLAT
SLAT

SIE MÜSSEN KEI UM JEDEN PREIS ZURÜCK-BRINGEN!
ICH VERLASSE MICH AUF SIE!
PUSHH
?!

PROFESSOR WALT HEIDEMANN, NICHT WAHR?
ICH BIN HIER, UM SIE ABZU-HOLEN.

HABEN SIE KEI ENTFÜHRT ?
WURDE ER VON APEP GESCHICKT ?
NEIN.
APEP HÄTTE SICH DER SENTINEL BEDIENT.
MFF
ALSO ...
ICH WEISS, DASS DIESKARTS VIELFÄLTIGEN GESCHÄFTEN NACHGEHT, ABER ...
...DASS KIDNAPPING AUCH DAZU-GEHÖRT, WAR MIR NICHT KLAR.

DAS KOMMT SIE TEUER ZU STEHEN.
GLAUBEN SIE NICHT, DASS ES VERRÜCKT IST, EIN GEBÄUDE DER UNO AM HELLLICHTEN TAGE ANZUGREIFEN?
UND ...
WENN DAS SO WEITERGEHT, WIRD ES DOCH SIE TEUER ZU STEHEN KOMMEN, ODER?
MACHEN SIE SICH UM UNS KEINE SORGEN, WIR SIND HERR DER LAGE.

SIE SIND GEBLIEBEN, DA SIE FÜR DIE ERFORSCHUNG DER AUSSERIRDISCHEN UNERSETZBAR SIND. DIE UNTERSUCHUNGS-KOMMISSION SOLLTE DAS KLÄREN...
NEIN ...
ABER ...
ALS FOLGE DER EXPLOSION HÄTTEN SIE ZURÜCKTRETEN UND DIE VERANTWORTUNG FÜR DEN UNFALL ÜBERNEHMEN MÜSSEN.
BITTE ?
TZAP
SEIT DER EXPLOSION IST EIN JAHR VERGAN-GEN.
TATSÄCHLICH SOLLTE DIE KOMMISSION SICH DER EMBLEM-SEED BEMÄCHTIGEN.
IN-ZWISCHEN ...
...IST VIELLEICHT JEMAND ANDERES AUFGETAUCHT, DER GENAUSO KOMPETENT IST WIE SIE, UM DIE FORSCHUNGEN FORTZUSETZEN ?

WAS WOLLEN SIE DAMIT ANDEU-TEN?
WAS... WAS ...

WENN SIE IHRE ERFORSCHUNG DER AUSSER-IRDISCHEN FORTSETZEN WOLLEN, BLEIBT IHNEN KEINE ANDERE WAHL.
WÜRDEN SIE MIR BITTE FOLGEN?

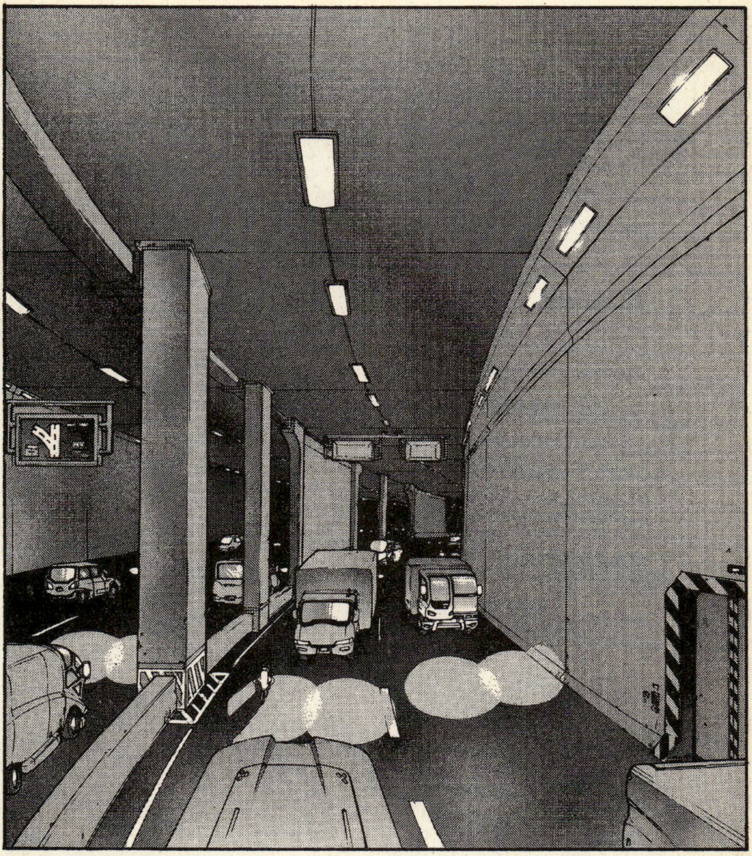

FRÄULEIN M-ZAK, DAS GESTOHLENE MOTORRAD WIRD UNS PROBLEME BRINGEN!

KYUIN
DENKE ICH NICHT!
DAS IST EIN FALL VON HÖHERER GEWALT!
WROOM
HE!
ICH FAHRE JETZT SCHON LANGE!
SAG MIR LIEBER, OB WIR SIE EINHOLEN!
ÄH ...
ICH... ICH FÜHLE ...

UNF
WAS FÜHLST DU?
ICH FÜHLE SIE! ICH SPÜRE IHRE GEGENWART VOR UNS. DA BIN ICH MIR SICHER...
ICH GLAUBE, DASS SIE AUS DEM TUNNEL GEKOMMEN IST...
ABER ICH KANN NICHT SAGEN, OB SIE UNTER DER ERDE IST...
ICH WEISS NICHT, OB WIR UNS AUF DAS VERLASSEN KÖNNEN, WAS ICH FÜHLE...
BIBIP
FRÄULEIN M-ZAK? HÖREN SIE MIR ZU?
DZAT
SUNAO, DU MUSST MEHR VERTRAUEN IN DICH HABEN!
WIE?

NEBEN DEM TUNNEL BEFINDET SICH EIN FLUCHTWEG FÜR UN-FÄLLE UND BRÄNDE.
NORMALER WEISE WIRD DIESER WEG VON NIEMANDEM BENUTZT.
AN DER NÄCHSTEN KREUZUNG BIEGEN WIR AB!
OKAY!
FÜHLST DU NICHTS AUSSERGE-WÖHN-LICHES ?
KLOT
SAG MIR, WENN DU ETWAS SPÜRST!
WOAH
WUI
GUI
M

DAS EINZIGE MITTEL ...
DAS IST UN-SINN!
ICH WEISS, DASS DIESKARTS AUF DEM MOND SEHR MÄCHTIG IST.
ABER DAS HIER IST NUR EIN REGIO-NALBÜRO DER UNO!
UND ICH ...
UND ICH VERSTEHE NICHT, WARUM SIE NICHT AUFHÖREN, MIR VON DIESKARTS ZU ERZÄHLEN.
DAS IST DIE ART VON SCHLUSSFOLGERUNG, DIE MENSCHEN WIE SIE ZIEHEN.
WIE AUCH ALLE VON DER UNO.
UND WENN ...
...DAS ALLES NICHTS ANDERES WÄRE ALS DAS ERGEBNIS EINER MANIPULATION VON INFORMATIONEN DURCH DIESKARTS? WAS HALTEN SIE DAVON?

WIE?
GRUC
UND WENN DER MOND HEUTE ALLE BEZIEHUNGEN ZU...
...DEN VEREINTEN NATIONEN UND ZUR ERDE ABBRICHT?
WOLLEN SIE EINEN STAATS-STREICH DURCH-FÜHREN?
HA-HA!
ICH GLAUBE, SIE GEHEN MIT IHREN SCHERZEN ZU WEIT!!
UND SELBST WENN DAS IHRE ABSICHT WÄRE, WÜRDEN SIE NIEMALS DIE UNTERSTÜTZUNG DER BEVÖLKERUNG ERHALTEN!
DIE MOND-ZIVILISATION KANN SICH NICHT ALLEIN MIT DIESKARTS KONSTITUIEREN!

WIEDER DIESE REAKTION!
UND WENN DIE BEVÖLKERUNG DIE ERDE...
...ALS FEIND DER MONDZIVILISATION SEHEN WÜRDE? DAS WÜRDE DOCH ALLES ÄNDERN, ODER?!
PAH!
UNNÖTIGE DISKUSSION.
IN EINEM SO KURZEN ZEITRAUM IST DAS UNMÖGLICH ZU REALISIEREN!!
ES IST SO WEIT...
WAS?
MIIIP

...HIER SPRICHT DIE BEFREIUNGSFRONT FÜR EINEN UNABHÄNGIGEN MOND. WIR BESETZEN DAS ZWEITE RATHAUS DER VEREINTEN NATIONEN!
ICH WIEDERHOLE: HIER SPRICHT DIE BEFREIUNGSFRONT FÜR EINEN UNABHÄNGIGEN MOND. WIR BESETZEN DAS ZWEITE RATHAUS DER VEREINTEN NATIONEN!

ZUR ZEIT WIRD DIE SOUVERÄNITÄT DES MONDES UND DIE VORSTELLUNG DAVON VOM IMPERIALISMUS DER ERDE KORRUMPIERT. ANTRIEBSFEDER SIND...
...DIE VEREINTEN NATIONEN. WIR HABEN MASSNAHMEN IN DIE WEGE GELEITET ...
ICH HABE DEN EINDRUCK, DAS IST DER ERSTE AKT...
WAS SOLL DAS? WIRD DA EIN FILM GEDREHT!
UN-MÖG-LICH!

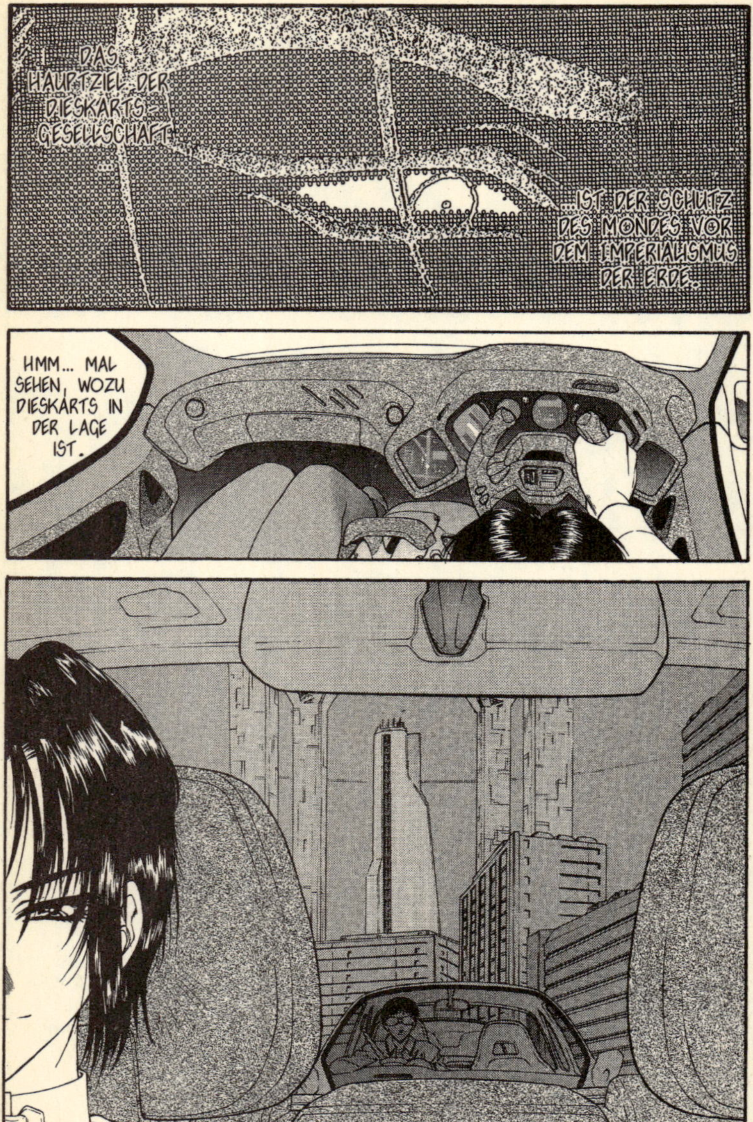
DAS HAUPTZIEL DER DIESKARTS-GESELLSCHAFT
...IST DER SCHUTZ DES MONDES VOR DEM IMPERIALISMUS DER ERDE.
HMM... MAL SEHEN, WOZU DIESKARTS IN DER LAGE IST.

40. Akt

CAUTION
CLOSED
CLOSED
ZWOW

ZROAM
ÄH... FRÄULEIN M-ZAK, ES WÄRE WENIGER GEFÄHRLICH, WENN SIE DIE SCHEINWERFER EINSCHALTEN WÜRDEN, ODER?
UND DA DIESES MOTORRAD EINEN ELEKTROMOTOR HAT, IST ES SCHWIERIG FÜR SIE, UNS ZU ENTDECKEN. WENN ICH ABER DIE SCHEINWERFER EINSCHALTE, KÖNNTE ICH IHNEN GLEICH MITTEILEN, DASS WIR SIE VERFOLGEN!!
DAS WENIGE LICHT DER UMGEBUNG REICHT MIR!
ICH SEHE IM DUNKELN VIEL BESSER ALS EIN NORMALER MENSCH!

OBWOHL DU DAS ZWEITE GESICHT BESITZT, HAST DU ANGST VOR DER DUNKELHEIT, SUNAO?
HIHI.
WIR WERDEN DIE DUNKELHEIT ALSO FÜR UNS NUTZEN ...
BIN ICH BLÖD ...
ENT-SCHUL-DIGUNG.
ÖH ...
HA-HA.
GANZ RUHIG! DU MUSST NICHT DEN HELDEN SPIELEN.
WENN DU ANGST HAST, DANN HALTE DICH AN MIR FEST!!
NEIN, DAS IST ES NICHT, ABER ...
VRUIN
BITTE ?
...WAS, MEIN KLEINER SUNAO ?
DU WEISST, WIE MAN ES MACHEN MUSS ...

DU SOLLTEST DIE DUNKELHEIT ABER NICHT DAZU BENUTZEN, UM MICH SONST WO ANZUFASSEN!
WIESO? UND ÜBERHAUPT ...?
ABER ...? WAS REDEN SIE DA ...?
WIE... WAS ...?

ÜBRIGENS ...
BEFINDET SICH KEI AUF DIESER STRASSE ?
HI! HI!
GLUP
JA, TUT SIE.
NEIN.
DOCH! ICH DENKE SCHON ...
SEHR GUT.

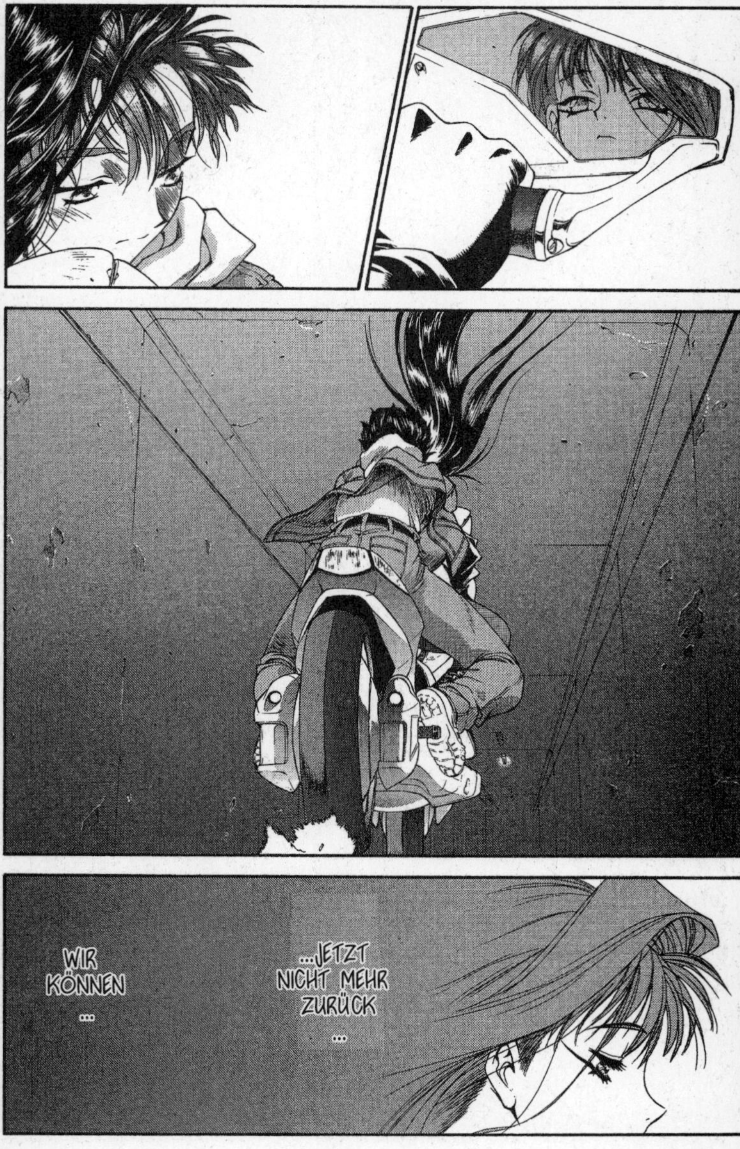
...JETZT NICHT MEHR ZURÜCK ...
WIR KÖNNEN ...

SHK RIITSS

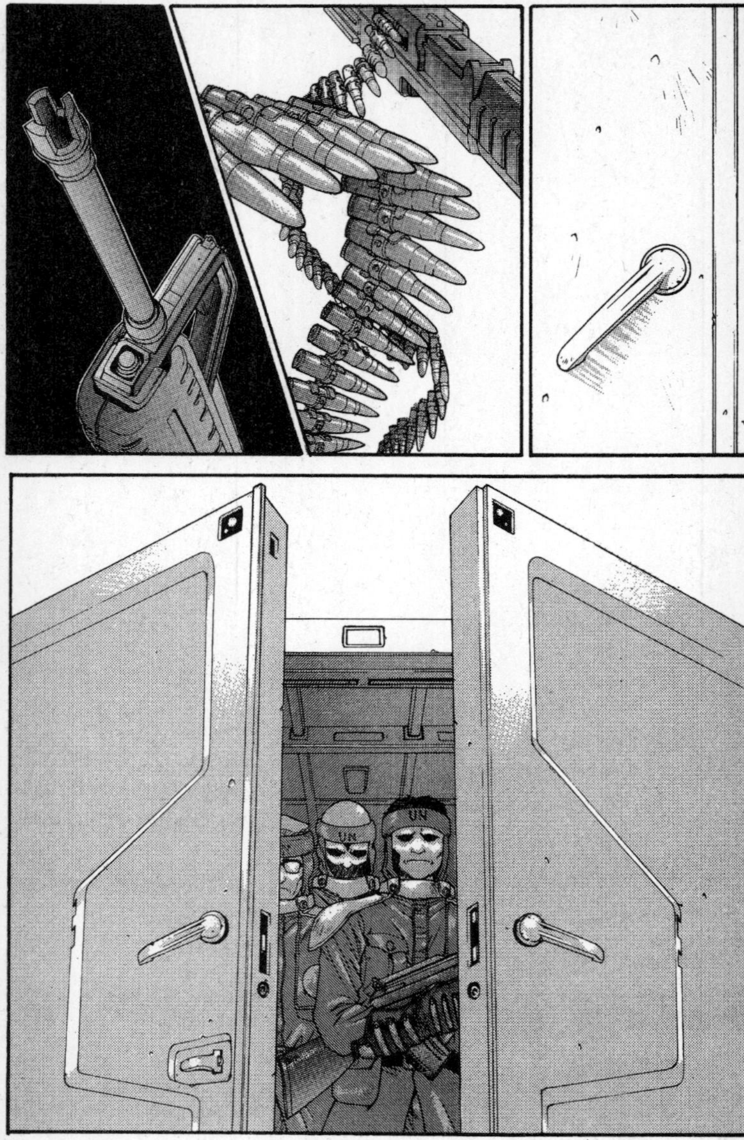
UN
UN

UAH!
HUT
?
SLAT
SLAT
WINN

MERKST DU WAS ...
WII
HEE!!
?
FWAKT
AH ?!
KWASH
GZIZIZING
BLAK

SHP LANG
HUAARS
SHKRISH
GDADADADADAN

GDAN

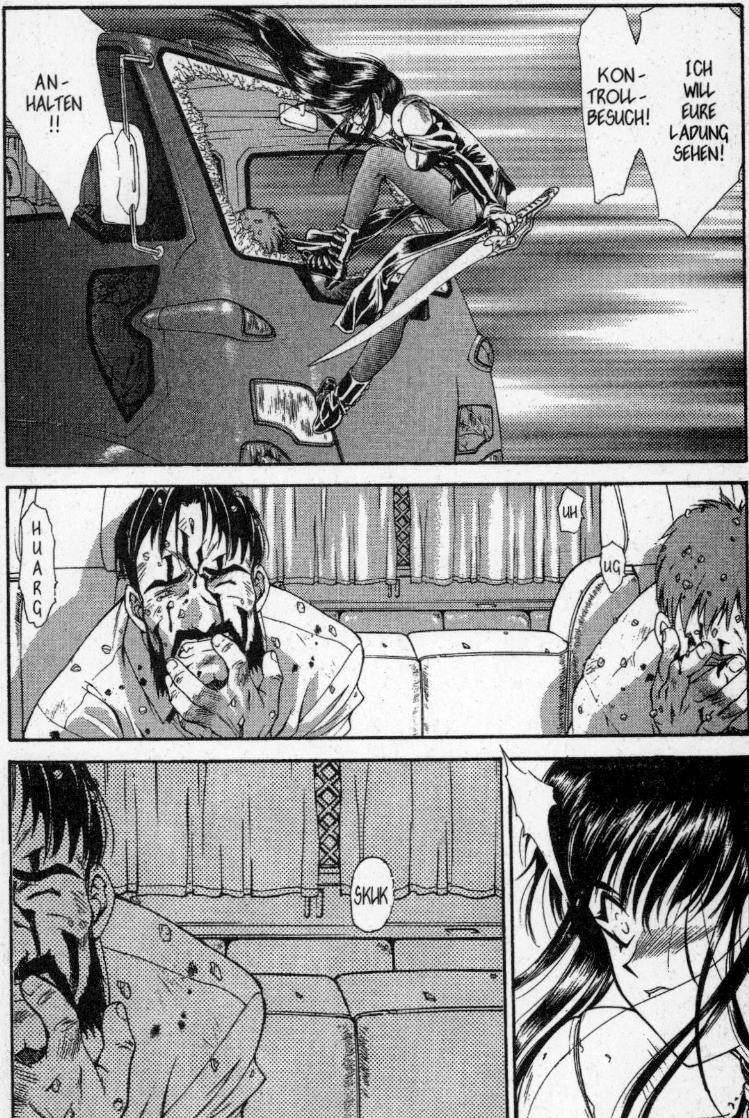

KON-TROLL-BESUCH! ICH WILL EURE LADUNG SEHEN!
AN-HALTEN !!
UH
UG
HUARG
SKUK

STAF
KTAF
PHTOTOTOTOTOM
HYARG

URK!
DUNG
DUNG
DUNG
FPLAM
TONG
PLATCH
?!
GLUNK
HAN!
SCHÄTZE, DAS WAR ÜBER-TRIEBEN!
ABER ICH MAG DIESE ART VON EMPFANG NICHT!

HINTER MIR ?!
KLUNK

KOMM ZU MIR!
SUNA-OOO!!
FWAH
OH!
NOCH ETWAS ...
GUT SO!

BAO

TROLL

GWOM
STOM
SHKRYATCH

ICH...
ICH FAHRE GANZ GERN MOTORRAD!
HAHAHA
KLAC KLAC
HAHAHAHA! DU BIST ECHT GUT!
WIR WERDEN KEI RETTEN ...
UND DANN ...
...WERDE ICH MICH DAFÜR RÄCHEN, DASS SIE MEIN SCHÖNES SCHWARZES HAAR VER-BRANNT HABEN!!
LOS, DRÜCK AUF DIE TUBE!!
FROT FROT
HII
OKAY!

Ende des 4. Teils

Die Autoren kommen zu Wort

Ich habe nicht genug Vorstellungskraft, um mir ausmalen zu können, was in einem halben Jahrhundert geschehen wird. Ich habe eine Menge Science fiction-Literatur gelesen, aber ich denke nicht, dass mir das viel geholfen hat. Außerdem habe ich die Bücher nicht gelesen, um *Seraphic Feather* schreiben zu können. In dieser Geschichte habe ich die menschlichen Gefühle bevorzugt behandelt, da sie sich im Laufe der Zeit nicht verändern werden. Ich denke, dass alle Elemente, die unseren heutigen Geist ausmachen - ob man sie nun „Gefühle", „Zärtlichkeit", „Schönheit" oder „Kraft" nennt -, auch in einer kommenden Zukunft noch vorhanden sein werden.

Yo Morimoto in Band 1

Seit Band 3 habe ich die Aufgabe als Szenarist übernommen. Ich bitte Morimoto-sensei und alle seine Fans bereits im Voraus um Entschuldigung, aber ich werde Stück für Stück mein eigenes Szenario entwickeln. Natürlich werde ich mich dem Urteil der Leser stellen. Ich hoffe, dass alle Leser auch weiterhin diesen Manga lesen werden.

Toshiya Takeda in Band 3

Ich muss noch einmal auf meine Aussage in Band 3 zurückkommen. Dort habe ich gesagt, dass ich Stück für Stück mein eigenes Szenario entwicklen werde. Wenn ich noch einmal darauf zurückkomme, dann nur, weil mir hier ein Irrtum unterlaufen ist. Selbst wenn sie sehr selten sind, gibt es doch Beben auf dem Mond. Mir fehlt es an Wissen über diese Materie, und ich muss mich darum kümmern. Morimoto-sensai wäre ein solcher Fehler nicht unterlaufen. Deshalb möchte ich mich bei allen entschuldigen, die an diesem Buch mitgearbeitet haben.

Toshiya Takeda in Band 4

Seit mehr als einem Jahr zeichne ich nun diese Abenteuer auf dem Mond, obwohl ich noch niemals dort gewesen bin. Seit mein Senpai mir von seiner Reise in die Steppe erzählt hat, träume ich davon, es ihm gleichzutun und unter dem Mond in freier Wildbahn zu schlafen. Er hat mir dieses Gefühl genauestens beschrieben. Es ist, als würde man in die Dunkelheit des Sternenhimmels eintauchen und zwischen Himmel und Erde dahintreiben. Als würde man eine Weltraumreise unternehmen und dabei doch auf der Erde bleiben. Was für ein Erlebnis! Eines Tages werd auch ich diese wunderbare Erfahrung machen.

Hiroyuki Utatane in Band 2

Alle Leser, die bisher versucht haben, die Geschichte zu verstehen, tun mir leid. Aber jetzt, da der Szenarist gewechselt hat, bewegen sich die Dinge. Ich schätze, dass die Cover-Illustrationen die Leser verwirren werden, aber ich habe jetzt alle weiblichen Hauptcharaktere dieses Mangas gezeichnet, und ich weiß nicht, was ich für den nächsten Band zeichnen soll...

Hiroyuki Utatane in Band 3

In diesem Band gibt es eine Figur, die ich, obwohl sie anwesend ist, total vergessen habe. Ich habe große Lust, etwas für sie zu tun...

Hiroyuki Utatane in Band 4

–GESAMTVERZEICHNIS

EGMONT MANGA & ANIME 漫画

ACHTUNG! Alle Egmont Manga & Anime Titel (ehemals Feest*Manga*) haben neue ISBN Nummern bekommen! die neuen Nummern beginnen mit 3-89885-. Die Endnummern sind unten links aufgeführt. Die alten Nummern beginnen mit *3-89343-*. Endnummern sind kursiv in Klammern gestellt.

APPLESEED

Shirow
SC, s/w DM 9,95/€ 4,99 [D]

1 **Das Prometheus-Projekt**
000-5 *(615-4)*
2 **Gastfreundschaft**
001-3 *(616-2)*
3 **Die Herausforderung**
002-1 *(617-0)*
4 **Die Stunde Null**
003-x *(618-9)*
5 **Der Scharfschütze**
004-8 *(619-7)*
6 **Tot oder lebendig**
005-6 *(620-0)*
7 **Das Gleichgewicht der Kräfte**
006-4 *(621-9)*
8 **Weltanschauungen**
007-2 *(622-7)*
9 **Das Abkommen**
008-0 *(623-5)*

BLAME!

Nihei
TB, s/w, DM 11,95/€ 6,10 [D]

1 **Band 1**
012-9 *(082-2)*
2 **Band 2**
013-7 *(083-0)*
3 **Band 3**
014-5 *(084-9)*
4 **Band 4**
015-3 *(085-7)*

CARD CAPTOR SAKURA

Clamp
TB, s/w, DM 9,95/€ 4,99 [D]

1 **Das Clow-Buch**
022-6 *(800-9)*
2 **Familienbande**
023-4 *(801-7)*
3 **Die neue Lehrerin**
024-2 *(802-5)*
4 **Die Mutprobe**
025-0 *(803-3)*
5 **Die Theateraufführung**
026-9 *(804-1)*
6 **Die letzte Karte**
027-7 *(805-x)*
7 **Band 7**
028-5 *(806-8)*

CARD CAPTOR SAKURA

EINZELTITEL

Clamp
HC, 4c, DM 49,–/€ 25,– [D]

1 **Artbook 1**
035-8 *(799-1)*

CITY HUNTER

Tsukasa
TB, s/w, DM 9,95/€ 4,99 [D]

1 **Band 1**
046-3 *(685-5)*
2 **Band 2**
047-1 *(686-3)*

DOMINION

Shirow
SC, s/w DM 16,80/€ 8,60 [D]

2 **Intervention**
084-6 *(604-9)*
3 **Phantom**
085-4 *(605-7)*
4 **Konflikt 1**
086-2 *(606-5)*
5 **Konflikt 2**
087-0 *(607-3)*

EDEN

Hiroki
TB, s/w, DM 9,95/€ 4,99 [D]

1 **Band 1**
099-4 *(365-1)*
2 **Band 2**
100-1 *(366-x)*
3 **Band 3**
101-x *(386-4)*
4 **Band 4**
102-8 *(387-2)*

EXAXXION

Sonoda
TB, s/w, DM 9,95/€ 4,99 [D]

1 **Band 1**
108-7 *(383-x)*
2 **Band 2**
109-5 *(384-8)*
3 **Band 3**
110-9 *(385-6)*

GHOST IN THE SHELL

Shirow
SC, DM 19,80/€ 10,– [D]

1 Der Schrottdschungel
115-x *(590-5)*
2 Die Robot-Rebellion
116-8 *(591-3)*
3 Brain-Drain
117-6 *(592-1)*

GUNSMITH CATS

Sonoda
SC, s/w, DM 9,95/€ 4,99 [D]

1 Bonnie und Clyde
121-4 *(576-x)*
2 Die Explosion
122-2 *(577-8)*
3 Verfolgungsjagd
123-0 *(578-6)*
4 Bean Bandit
124-9 *(579-4)*
5 Das große Spiel
125-7 *(580-8)*
6 Misty Brown
126-5 *(581-6)*
7 Minnie May
127-3 *(582-4)*
8 Roy
128-1 *(583-2)*
9 Verlorenes Spiel
129-x *(584-0)*
10 Herausforderung
130-3 *(585-9)*
11 Im Kreuzfeuer
131-1 *(586-7)*
12 Entführt!
132-x *(593-x)*
13 Jeena
133-8 *(594-8)*
14 Trautes Heim
134-6 *(595-6)*
15 Gordis Rückkehr
135-4 *(596-4)*
16 Selbstmord
136-2 *(597-2)*
17 Die Konfrontation
137-0 *(598-0)*
18 Geheimnisse
138-9 *(599-9)*
19 Happy Birthday
139-7 *(625-1)*

KAMIKAZE KAITO JEANNE

Tanemura
TB, s/w, DM 9,95/€ 4,99 [D]

1 Band 1
140-0 *(323-6)*
2 Band 2
141-9 *(324-4*

NARU TARU

Kitoh
TB, s/w, DM 11,95/€ 6,10 [D]

1 Band 1
148-6 *(091-1)*
2 Band 2
149-4 *(092-x)*
3 Band 3
150-8 *(093-8)*

OH! MY GODDESS

Fujishima
TB, s/w DM 6,95/€ 3,55 [D]

1 Falsch verbunden
158-3 *(412-7)*

TB, s/w DM 9,95/€ 4,99 [D]

2 Ah! Meine große Schwester
159-1 *(413-5)*
3 Ein echtes Wunder
160-5 *(414-3)*
4 Schlechte Tage für Dämonen
161-3 *(415-1)*
5 Nichts als Ärger
162-1 *(416-x)*
6 Urd und der Junge
163-x *(417-8)*
7 Rache ist süß
164-8 *(418-6)*
8 Der Ninja-Meister
165-6 *(419-4)*
9 Das Gesetz des Ninja
166-4 *(626-x)*
10 Das große Spiel
167-2 *(627-8)*
11 Der Kampf um Urd
168-0 *(628-6)*
12 Keiichi und die Frauen
169-9 *(629-4)*
13 Das Ende der Kindheit
170-2 *(634-0)*
14 Königin Sayoko
171-0 *(635-9)*
15 Körper und Geist
172-9 *(636-7)*
16 Die Rückkehr der 4. Göttin
173-7 *(637-5)*
17 Licht und Schatten
174-5 *(638-3)*

OH! MY GODDESS
ANIME COMIC

Fujishima
TB, 4c, DM 12,95/€ 6,60 [D]

1 Band 1
190-7 *(639-1)*

POKÉMON ADVENTURES

TB, s/w, DM 9,95/€ 4,99 [D]

1 Band 1
195-8 *(919-6)*
2 Band 2
196-6 *(920-x)*

POKÉMON EINZELTITEL

HC, 4c, DM 19,80/€ 10,– [D]
Artbook
204-0 *(957-9)*

SC, 4c, DM 19,80/€ 10,– [D]
Das offizielle Handbook
205-9 *(926-9)*

SC, 4c, DM 9,95/€ 4,99 [D]
Postkartenbuch
206-7 *(958-7)*

RANMA 1/2

Takahashi
TB, s/w, DM 9,95/€ 4,99 [D]

1 **Die wunderbare Quelle** 207-5 *(297-3)*
2 **Der Jäger** 208-3 *(298-1)*
3 **Die schwarze Rose** 209-1 *(299-x)*
4 **Der Kuß des Todes** 210-5 *(335-x)*
5 **Die Katzen** 211-3 *(336-8)*
6 **Der Ahne** 212-1 *(337-6)*
7 **Die Schande** 213-x *(338-4)*
8 **Romeo und Julia** 214-8 *(339-2)*
9 **Das blaue Band** 215-6 *(340-6)*
10 **Das magische Armband** 216-4 *(341-4)*
11 **Das wundersame Rezept** 217-2 *(346-5)*
12 **Narrenfreiheit** 218-0 *(347-3)*
13 **Happosais Rache** 219-9 *(348-1)*
14 **Ranmas Wiedergeburt** 220-2 *(349-x)*
15 **Der letzte Wunsch** 221-0 *(353-8)*
16 **Die letzte Wahl** 222-9 *(354-6)*
17 **Nabikis Falle** 223-7 *(355-4)*
18 **Der Dämon** 224-5 *(356-2)*
19 **Die Insel** 225-3 *(357-0)*
20 **Ryogas Sieg** 226-1 *(358-9)*
21 **Wie der Vater, so der Sohn** 227-x *(359-7)*
22 **Ranmas Mutter** 228-8 *(360-0)*
23 **Krakenarme** 229-6 *(361-9)*
24 **Das teuflische Trio** 230-x *(362-7)*
25 **Happosais Anhänger** 231-8 *(370-8)*
26 **Das Land der Riesen** 232-6 *(086-5)*
27 **Die Geistergrotte** 233-4 *(087-3)*
28 **Ranmas Schatten** 234-2 *(088-1)*
29 **Die Zwillinge** 235-0 *(089-x)*

SAILOR MOON TASCHENBÜCHER

Takeuchi
TB, s/w, DM 9,95/€ 4,99 [D]

1 **Die Metamorphose** 245-8 *(556-5)*
2 **Der maskierte Mann** 246-6 *(557-3)*
3 **Die Mond-Kriegerinnen** 247-4 *(558-1)*
4 **Der Silberkristall** 248-2 *(559-x)*
5 **Wächterin der Zeit** 249-0 *(560-3)*
6 **Planet Nemesis** 250-4 *(561-1)*
7 **Black Lady** 251-2 *(562-x)*
8 **Die Schule des Lebens** 252-0 *(563-8)*
9 **Uranus und Neptun** 253-9 *(564-6)*
10 **Sailor Saturn** 254-7 *(565-4)*
11 **Prinzessin Kaguya** 255-5 *(566-2)*
12 **Pegasus** 256-3 *(567-0)*
13 **Helios** 257-1 *(502-6)*
14 **Dead Moon Circus** 258-x *(503-4)*
15 **Königin Neherenia** 259-8 *(504-2)*
16 **Die Starlights** 260-1 *(505-0)*
17 **Sailor Galaxia** 261-x *(506-9)*
18 **Das galaktische Chaos** 262-8 *(507-7)*

SAILOR MOON ART EDITION

Takeuchi *(ISBN 3-7704-)*
SC, 4c, DM 8,20/€ 4,10 [D]

1 **Band 1** 266-0 *(2495-6)*
2 **Band 2** 267-9 *(2496-4)*
3 **Band 3** 268-7 *(2497-2)*

4 **Band 4**
269-5 *(2498-0)*
5 **Band 5**
270-9 *(2499-9)*
6 **Band 6**
271-7 *(2500-6)*

SAILOR MOON ORIGINAL ARTBOOK

Takeuchi
HC, 4c, DM 49,–/€ 25,– [D]
2 **Band 2**
281-4 *(536-0)*
3 **Band 3**
282-2 *(538-7)*
4 **Band 4**
283-0 *(539-5)*
5 **Band 5**
284-9 *(512-3)*

SAILOR MOON PRÄSENTIERT

Takeuchi
TB, s/w, DM 9,95/€ 4,99 [D]
1 **Chocolate Christmas**
272-5 *(486-0)*
2 **The Cherry Project I**
273-3 *(487-9)*
3 **The Cherry Project II**
274-1 *(488-7)*
4 **The Cherry Project III**
275-x *(489-5)*

SAILOR MOON EINZELTITEL

Takeuchi
SC, s/w, DM 29,80/€ 15,30 [D]
Sailor Moon Kompendium
292-x *(513-1)*

SC DM 14,80/€ 7,60 [D]
Postkartenbuch
291-1 *(537-0)*

SAILOR V

Takeuchi
TB, s/w, DM 9,95/€ 4,99 [D]

1 **Teil 1**
263-6 *(483-6)*
2 **Teil 2**
264-4 *(484-4)*
3 **Teil 3**
265-2 *(485-2)*

SERAPHIC FEATHER

Utatane
TB, s/w, DM 11,95/€ 6,10 [D]
1 **Der Kontakt**
293-8 *(524-7)*

2 **Die Federn des Engels**
294-6 *(525-5)*
3 **Das Zentrum**
295-4 *(526-3)*
4 **xxx**
296-2 *(531-x)*
5 **xxx**
297-0 *(515-8)*

WEDDING PEACH

Yazawa
TB, s/w, DM 9,95/€ 4,99 [D]
1 **Der Engel der Liebe**
301-2 *(476-3)*
2 **Die Zauberhaften Vier**
302-0 *(477-1)*
3 **Das Tor zur Dämonenwelt**
303-9 *(478-x)*
4 **Ein neuer Freund**
304-7 *(479-8)*
5 **xxx**
305-5 *(138-1)*
6 **xxx**
306-3 *(139-x)*

WHAT'S MICHAEL?

Kobayashi
TB, s/w, DM 9,95/€ 4,99 [D]
1 **Alles für die Katz'**
308-x *(119-5)*
2 **Katzenjammer**
309-8 *(120-8)*

YOU´RE UNDER ARREST

Fujishima
TB, s/w, DM 9,95/€ 4,99 [D]
1 **Der Glückstag**
316-0 *(695-2)*
2 **Der Schrecken der Nacht**
317-9 *(696-0)*
3 **Der Geschmack des Risikos**
318-7 *(697-9)*
4 **Frauen an die Front**
319-5 *(698-7)*
5 **Seidenslips und Weihnachtsbäume**
320-9 *(699-5)*
6 **Eine Polizistin sieht Rot**
321-7 *(700-2)*
7 **Nur keine Panik**
322-5 *(701-0)*